光文社文庫

文庫書下ろし／長編時代小説

陰の人

吉原裏同心(36)

佐伯泰英

KOBUNSHA

この作品は光文社文庫のために書下ろされました。

目次

新吉原廓内図

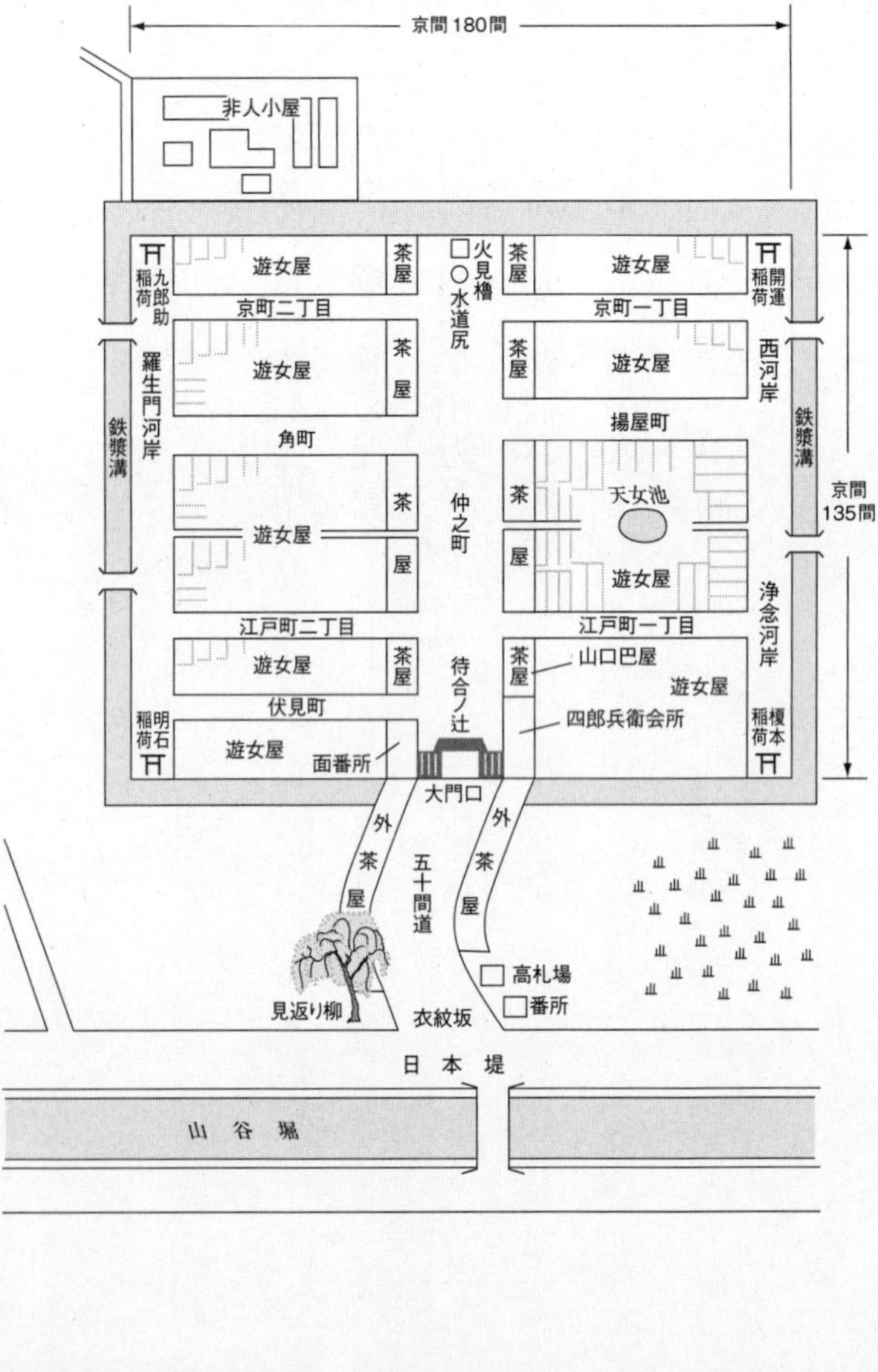
京間180間
非人小屋
稲荷
九郎助
遊女屋
茶屋
火見櫓
水道尻
茶屋
遊女屋
稲荷
開運
京町二丁目
京町一丁目
羅生門河岸
遊女屋
茶屋
茶屋
遊女屋
西河岸
鉄漿溝
揚屋町
鉄漿溝
角町
京間
135間
茶
天女池
仲之町
遊女屋
屋
屋
遊女屋
浄念河岸
江戸町二丁目
江戸町一丁目
遊女屋
茶屋
待合ノ辻
茶屋
山口巴屋
遊女屋
伏見町
稲荷
明石
四郎兵衛会所
稲荷
榎本
遊女屋
面番所
大門口
外茶屋
五十間道
外茶屋
見返り柳
高札場
番所
衣紋坂
日本堤
山谷堀

北
東
南
西
鐘ヶ淵
大橋
隅田村
千住道
小塚原
三河島
日暮里
田端
駒込
谷中
日本堤
金杉上町
新吉原
隅田川
今戸町
山谷堀
今戸橋
鷲神社
千駄木
白山
下谷
東叡山寛永寺
根津権現
本郷
御薬園
小石川
中堂
浅草寺
東本願寺
幡随院
広徳寺
阿部川町
浅草花川戸町
吾妻橋
竹町ノ渡し
田原町
三間町
並木町
駒形堂
新堀川
伝通院
不忍池
菊坂町
池之端仲町
下谷広小路
湯島天神
御徒町
春日町
水戸徳川家
蔵前
森田町
御米蔵
牛込
神田川
神田明神
外神田
向柳原
神楽坂
牛込御門
小石川御門
水道橋
浅草橋
天王町
柳橋
御竹蔵
本所
昌平橋
筋違御門
和泉橋
柳原土手
両国広小路
番町
田安御門
俎板橋
雉子橋御門
一ツ橋御門
内神田
馬喰町
回向院
両国橋
市谷
竪川
市谷御門
清水御門
神田橋御門
小伝馬町
今川橋
日本橋
常盤橋御門
新大橋
北町奉行所
室町
小名木川
麹町
江戸城
江戸橋
半蔵御門
呉服橋御門
日本橋
南茅場町
仙台堀
深川
西之御丸
南町奉行所
材木町
鍛冶橋御門
京橋
八丁堀
組屋敷
永代橋
富岡八幡宮
霊岸島
桜田御門
赤坂御門
永田町
数寄屋橋御門
西本願寺
石川島
越中島調練場
山王日枝神社
新橋
築地
溜池
佃島
幸橋御門
汐留橋

貴船神社
鞍馬寺
延暦寺
比叡山
上賀茂神社
深泥池
妙円寺
修学院離宮
新宮神社
茂川
半木神社
高野川
曼殊院
詩仙堂
下鴨神社
天寧寺
上御霊神社
烏丸通
相国寺
鴨川
銀閣寺（慈照寺）
内裏（御所）
如意ヶ岳
永観堂（禅林寺）
一之船入
南禅寺
三条大橋
錦市場
知恩院
粟田口
祇園
祇園社
河原町通
烏丸通
高台寺
建仁寺
八坂の塔
六波羅蜜寺
清水寺
東海道
方広寺
東本願寺
妙法院
智積院
三十三間堂
奈良街道
万寿寺
東福寺
伏見稲荷

京 概略図
神護寺
常照寺
大徳寺
金閣寺（鹿苑寺）
龍安寺
等持院
仁和寺
大報恩寺
北野天満宮
大覚寺
妙心寺
千本通
所司代屋
二条城
広隆寺
天龍寺
嵐山
松尾大社
島原
桂川
西大路通
西芳寺（苔寺）
丹波口
西本願寺
天神川
桂の渡し
東寺
桂川
北
東
南
西

『陰の人』主な登場人物

神守幹次郎
豊後岡藩の馬廻り役だったが、幼馴染で納戸頭の妻になった汀女とともに逐電の後、江戸へ。吉原会所の頭取・七代目四郎兵衛と出会い、剣の腕と人柄を見込まれ、「吉原裏同心」となる。示現流と眼志流居合の遣い手。

汀女
幹次郎の三歳年上の妻女。豊後岡藩の納戸頭との理不尽な結婚に苦しんでいたが、幹次郎と逐電、長い流浪の末、吉原へ流れ着く。遊女たちの手習いの師匠を務め、また浅草の料理茶屋「山口巴屋」の商いを任されている。

加門　麻
元は薄墨太夫として吉原で人気絶頂の花魁だった。吉原炎上の際に幹次郎に助け出され、その後、幹次郎のことを思い続けている。幹次郎の妻・汀女とは姉妹のように親しく、伊勢亀半右衛門の遺言で落籍された後、幹次郎と汀女の「柘榴の家」に身を寄せる。

四郎兵衛
吉原会所七代目頭取。吉原の奉行ともいうべき存在で、江戸幕府の許しを得た「御免色里」を司っている。幹次郎の剣の腕と人柄を見込んで「吉原裏同心」に抜擢した。

仙右衛門
吉原会所の番方。七代目頭取・四郎兵衛の右腕であり、幹次郎の信頼する友でもある。

玉藻
引手茶屋「山口巴屋」の女将。四郎兵衛の実の娘。幼馴染の正三郎と祝言を挙げた。

村崎季光
南町奉行所隠密廻り同心。吉原にある面番所に詰めている。

桑平市松
南町奉行所定廻り同心。これまで幹次郎とともに数々の事件を解決してきた。

嶋村澄乃
亡き父と四郎兵衛との縁を頼り、吉原にやってきた。吉原会所の若き女裏同心。

羽毛田亮禅
清水寺の老師。寺領で襲撃を受けた幹次郎と麻に知り合う。二人が京を訪れた事情を理解し、修業の支援をする。

彦田行良
祇園感神院執行（禰宜総統）。修業中の幹次郎を院内の神輿蔵に住まわせる。亮禅老師とは旧知の間柄。

次郎右衛門
京を代表する花街・祇園にある「一力茶屋」の主。祇園感神院の祭礼である祇園祭を支える旦那衆の一人。

水木
一力茶屋の女将。一力茶屋に麻を受け入れ、その修業を見守る。

河端屋芳兵衛
祇園で置屋を営む。旦那衆の一人。

一松楼数治
祇園で揚屋を営む。旦那衆の一人。

三井与左衛門
京・三井越後屋の大番頭。旦那衆の一人。

入江忠助
京都町奉行所の目付同心。

観音寺継麿
禁裏門外一刀流の道場主。幹次郎に稽古を許す。

おちか
産寧坂の茶店のお婆。元髪結で祇園の裏表をよく知る。

太田資愛
京都所司代。遠江掛川藩藩主。吉原で薄墨（現在の加門麻）の贔屓でもあった。

渋谷甚左衛門
京都所司代太田資愛の密偵。

吉之助
祇園感神院の氏子で、祇園会の神事、神輿の出し入れなどを行う男衆の頭、輿丁頭を務める。

陰の人――吉原裏同心（36）

第一章　吉原会所消滅

一

江戸幕府にただひとつ許された官許《かんきょ》の遊里《ゆうり》、吉原《よしわら》は、火が消えたように衰亡《すいぼう》していた。

吉原会所《かいしょ》の番方《ばんがた》仙右衛門《せんえもん》はひとり憮然《ぶぜん》として会所の框《かまち》に腰を下ろしていた。遠助《とおすけ》が土間の真ん中に置かれた大角火鉢《おおかくひばち》の傍《かたわ》らに寝場所を設《しつら》えてもらい、丸まっていた。いくつになったのか、十歳はとっくに超えているだろう。

いまや吉原は、会所も面番所《めんばんしょ》も公儀《こうぎ》に抑えられて、引手茶屋《ひきてぢゃや》や妓楼《ぎろう》の大半がもはや力を失っていた。

仙右衛門は激動のこの三月《みつき》半のことを思い起こしていた。幾たびも繰り返してきた思案だった。

四郎兵衛《しろべえ》の死を、娘の玉藻《たまも》と婿《むこ》の正三郎《しょうざぶろう》にいつまでも隠し通すわけにはいかなかった。そこで三浦屋《みうらや》の四郎左衛門《しろうざえもん》に汀女《ていじょ》、それに仙右衛門の三人が玉藻と正三郎夫婦に吉原会所の座敷で会い、死を告げることにした。四郎兵衛が身罷《みまか》ったことが分かってしばらく経ったころのことだ。

吉原会所の仮の頭取《とうどり》を引き受けていた四郎左衛門が玉藻に視線を向けて、

「玉藻さんや、親父《おやじ》様の話をしたい」

と告げると、しばし沈黙していた玉藻が、

「お父《とつ》つぁんはすでに亡くなっているのでございますね」

と静かな口調で質《ただ》した。四郎左衛門が玉藻の顔を正視《せいし》して頷《うなず》くと、

「これほどまでに行方《ゆくがた》が知れないとは、妙《みょう》だとは思っておりました」

と実《じつ》の娘が応じた。

その傍らに坐《ざ》していた正三郎が玉藻の手を取り、吉原会所の仮の頭取に就《つ》いている妓楼三浦屋の主《あるじ》に問いかけようとしたがやめた。自分の立場を考えてのことだろう。玉藻の婿ではあるが、引手茶屋の料理人にすぎないと思い、躊躇《ためら》ったのだ。その正三郎に険《けわ》しい表情で頷き返した四郎左衛門が、

「玉藻さん、すまない。娘のそなたにも隠し通してきたのはすべて私の判断です。曰《いわ》くは申し上げるまでもありますまい。官許の遊里は、旧吉原以来、最悪の時節を迎えておりますでな」

「四郎左衛門様、たしかに吉原は景気がよいとは申せますまい。かようなことはこれまでに何遍《なんべん》もございました。ですが、御免色里《ごめんいろざと》が破産したことは一度としてございません。にも拘《かか》わらず最悪と、四郎左衛門様は申される」

「物心つく前から吉原育ちの玉藻さんに説明の要《よう》もございますまい。吉原をそっくり私どもの手から取り上げようとしている方がおられる。公儀の名を借りたお方でしてな、老中《ろうじゅう》方もこのお方には手が出せませんそうな。この御仁《ごじん》が官許の遊里の模様替えとか、吉原改革とか称《しょう》して、乗っ取りを謀《たばか》っておられる」

「お父つぁんを殺したのはこのお方ですか」

「はい、このお方が密《ひそ》かに率《ひき》いる一味、と私どもは考えております」

玉藻は両眼を瞑《つむ》ったまま、しばし沈思《ちんし》していた。

「四郎左衛門様、吉原は潰《つぶ》されますか」

「いえ、玉藻さんが申されたように官許の遊里が潰されるわけもない。いつの時代も、どなたにとっても遊里は必要欠かせざる遊び場であり、衣装、化粧、髪型などあらゆる流行《はや》りの発信の場でございますでな、潰すことはできますまい。つまり公儀の名を借りたお方がただ今の吉原改革と言い募って乗っ取るおつもりのようです」

「さようなことが許されますか」

「玉藻さん、私どもも四郎兵衛さんの存命の折りから必死で抗《あらが》って参りました。ですが、これまで幾人もの吉原人が闇のうちに始末され、予想もつかなかったことですが、吉原会所の七代目頭取四郎兵衛様も拉致《らち》されたうえに殺されてしまいました」

と四郎左衛門の言葉は悲痛だった。

「四郎左衛門様は病治療と称して吉原を不在にしている父になりかわって、時を稼ぐために父の跡を継がれましたか」

と玉藻が質した。

「四郎兵衛様の跡目《あとめ》の八代目頭取には、この場におられぬ神守幹次郎《かみもりみきじろう》様が就くべきと、私も町名主《まちなぬし》の何人かも承知しておりました。ですが、町名主のすべてが賛意を示されたわけではない。ゆえに四郎兵衛様の考えにて、ありもしない失態を理由に、神守様に一年の『謹慎《きんしん》』を命じられました。つまり間を置こうとしたわけです」

といったん言葉を切った。

慣れない吉原会所の頭取を務めることになった四郎左衛門は己《おのれ》に言い聞かせるように話していた。そのことをこの場の全員が理解していた。

「ところが相手方の動きが一歩も二歩も私どもの先を行っていた。神守様の不在をよいことに四郎兵衛様に狙《ねら》いを定めるなど、考えもしませんでした。まさか吉原を長年仕切ってきた御仁を失う羽目《はめ》になろうとは。玉藻さん、正三郎さんや、この不手際《ふてぎわ》、私の失態です。申し訳ございません、このとおりです」

四郎左衛門がなんと玉藻夫婦の前に両手をついて頭を下げた。

仙右衛門もこの思いがけない行為に驚愕《きょうがく》した。

旧吉原以来、老舗《しにせ》の妓楼三浦屋の主にして、官許の遊里を代々主導してきた知多者《ちたもの》のひとりである四郎左衛門が頭を下げて詫《わ》びているのだ。

玉藻も茫然自失《ぼうぜんじしつ》していた。

汀女もこの出来事に言葉も浮かばなかった。しばし瞑目《めいもく》した汀女が、

「四郎左衛門様、御頭《みぐし》をお上げ下され。四郎左衛門様おひとりの罪ではございません。私ども吉原会所に関わってきた者すべての力不足でございます。そして、

なによりこの場におらぬ神守幹次郎の咎《とが》にございます」

と言い切った。

それでもしばし謝罪の姿勢のまま身を震わしていた四郎左衛門がゆっくりと顔を上げた。その両眼は涙で潤《うる》んでいた。四郎兵衛と四郎左衛門のふたりは盟友《めいゆう》といってもいい間柄だった。このふたりの力がなければこれまでの吉原の繁栄は考えられなかった。

「四郎左衛門様、父の亡骸《なきがら》はすでに埋葬を終えておりますか」

と玉藻が質した。

「はい、菩提寺《ぼだいじ》にて私と番方ら数人が密かに見送りました。玉藻さんは薫子《かおるこ》ちゃんを産んだすぐ後でしたな。そこで勝手ながら玉藻さんの身を案じました。また私どもが四郎兵衛様の暗殺されたことに過剰に動揺していると、相手方に思わせたくはなかったのです。この判断がいま考えると正しかったかどうか」

四郎左衛門はこう四郎兵衛のひとり娘の玉藻に説明した。だが、大門《おおもん》の表に四郎兵衛の骸《むくろ》が無残無慈悲にも吊り下げられて置かれてあったことを娘の玉藻に告げる心算《こころづもり》はなかった。そして今後も知られたくなかった。そう四郎左衛門が決意していることを仙右衛門は承知していた。

「四郎左衛門様、汀女先生、神守幹次郎様はただ今、どちらにおられるのですか。まだ京から戻ってはおられないのですか」

と玉藻が四郎兵衛の死から話柄《わへい》を転じて質した。その場の三人の考えと同様に玉藻もまた、神守幹次郎が吉原に在りせばかような話にならなかったと言外に言っていた。

四郎左衛門が汀女を見た。だが、汀女はこのところの動静は知らぬという表情で首を横に振った。やはり真実は四郎左衛門が話すべきと汀女は考えたのだ。そこで、

「玉藻さんや、過日もお話ししましたが、神守様と加門麻《かもんあさ》様は京の祇園《ぎおん》で、今後の吉原の商いを学んでおられるのに変わりありません。まあ、失態があったゆえ一年の謹慎というのは、廓《くるわ》や茶屋の吉原者を騙《だま》すための方便、四郎兵衛さんと神守様の阿吽《あうん》の呼吸による合意ですよ」

と玉藻が承知のことを四郎左衛門が改めて告げた。そして汀女も、

「神守幹次郎は祇園感神院《かんしんいん》の神輿蔵《みこしぐら》に住まいし、妹の加門麻は祇園の老舗の茶屋一力《いちりき》に住んで遊芸など諸々を学んでいるのも変わりございますまい。四郎左衛門様や私が四郎兵衛様から聞いたふたりの京行は、吉原復興への最後の企《くわだ》てでし

た」

「では、父の死を神守様はご存じないのですね」

四郎左衛門が汀女、そして番方を見た。ふたりが一様に否定した。

「神守様と麻様が江戸に戻ってこられるのはいつのことです」

「一年の『謹慎』ゆえ、早くて来春かと存じます」

「嗚呼《ああ》」

と玉藻が悲鳴を漏らした。

「神守様が謹慎を命じられたあと、相手方の動きが激しくなり、何人もの吉原者が殺されており、わっしは京から神守様を呼び戻して頂けませんかと七代目に申し上げました。ですが、四郎兵衛様は、吉原の今後の百年を考えて神守様の京行に賛同したのです、この程度の騒ぎ、私どもで始末ができないでは情けない、とわっしにお答えになりました。わっしはこたびの四郎兵衛様の死を知ったとき、なぜもっと強く願わなかったかと今でも後悔しております」

と仙右衛門が玉藻に答えた。

「番方、お父つぁんと神守様の秘めごとに、どなたであれ他人が立ち入って意見を変えられるものではございますまい」

と玉藻が応じて、

「四郎左衛門様、父も相手方を甘くみたのです。だれよりも後悔している者がいるとしたら彼岸《ひがん》のわが父四郎兵衛です」

その言葉を瞑目して受け止めた四郎左衛門に、玉藻は、

「吉原に降りかかった難儀、なんとしても神守幹次郎様を頼りにせずに解決せねばなりますまい」

「いかにもさようです」

応じた四郎左衛門の返答は弱々しかった。

「その折り、私ども皆さんと一緒にきちんとした父、四郎兵衛の弔《とむら》いを出したく思います」

と言って瞑目した玉藻の眼から涙が零《こぼ》れた。

「喪主《もしゅ》は玉藻さん、そなたでな、必ずや」

と妓楼の主の三浦屋四郎左衛門が答えた。

あれからひと月が過ぎたと、仙右衛門は漠然《ばくぜん》と考えていた。

なにも好転していなかった。それどころか吉原の主な引手茶屋も妓楼も相手方

の手に次々に落ちていった。もはや吉原会所とは名ばかり、なんの力もなかった。そして、七軒茶屋《しちけんぢゃや》の一軒、玉藻が女主の山口巴屋《やまぐちともえや》にも、他の六軒にも、ほとんど客が姿を見せなかった。

「ふうっ」

と吐息《といき》をついて煙管《キセル》を手に持った仙右衛門を遠助が見た。

そのとき、吉原会所の入口が開かれて女裏同心の澄乃《すみの》が姿を見せた。澄乃は柘榴《ざくろ》の家に寝泊まりしていたが、浅草並木町《あさくさなみきちょう》の料理茶屋山口巴屋に汀女を送っていったために出勤が遅れたのだ。

「番方、並木町の料理茶屋は汀女様がしっかりと常連客を摑《つか》んでおられるゆえ、こちらはなんとか商いが成り立っているそうです」

「廓の外の料理茶屋が吉原会所の救いか」

と仙右衛門が嘆《なげ》いた。

「番方、遠助と廓内の見廻りに行ってきます」

と応じた澄乃の言葉に仙右衛門は反応せず、自分の名が呼ばれたのに気づいた老犬がのろのろと立ち上がった。

「ああ、迂闊《うかつ》にも忘れておりました。船宿牡丹屋《ふなやどぼたんや》に立ち寄ったら、面番所の村崎《むらさき》季光《としみつ》同心がおられて、番方と廓の外、牡丹屋で話がしたいと言われました」

「なに、村崎同心がおれと話したいだと。いい話ではなさそうだ」

南町奉行所の隠密廻《おんみつまわ》り同心村崎は、これまで吉原会所と近しい間柄にあったということで、隠密廻りを外されて無役《むやく》に落とされるという噂があると、番方は当人の口から聞かされていた。

「小頭《こがしら》たちが見廻りから戻ってきたら、交代で牡丹屋に顔を出してみよう」

仙右衛門が応じたところに長吉《ちようきち》らが昼見世《ひるみせ》の見廻りから戻ってきた。

「なんぞ変わったことがあったかえ、小頭」

「番方、日に日に廓内が暗くなっていくようだ」

「小頭、まだ昼間だぜ」

「分かっているって。大籬《おおまがき》から局見世《つぼねみせ》まで客がどこも少ないんだよ。大門を潜《くぐ》る前にあいつらの用心棒に脅《おど》されていてな、息のかかった妓楼に上がれと命じられているせいよ。廓内なら手もあるが、廓の外ではどうにも手の打ちようがないや。そんなわけで蜘蛛道《くもみち》の住人も商いにならないってさ、嘆く店《たな》ばかりだ」

「そいつはいまに始まったことじゃないさ」

「番方、なんぞ打つ手だてはないかえ」

「それがあればな」

と応じた仙右衛門に若《わか》い衆《し》の金次《きんじ》が、

「あのお方の謹慎は未《ま》だ解《と》けないのかね」

と神守幹次郎の動静を尋《たず》ねた。

「謹慎の命が出てから一年が過ぎていないからな」

「だってよ、七代目はもはやおられないんだぜ。仮だがよ、この会所の頭取は三浦屋の四郎左衛門様じゃないか。四郎左衛門様が、『もはや謹慎を解く』と言えば、なんとかなるんじゃないか。どこぞの禅寺から、戻ってこられるんじゃないか」

「金次、そいつは四郎左衛門様の一存だ。番方のおれがなんぞ言える立場にはないわ」

「くそっ」

と金次が罵《ののし》り声を漏らした。

「金次、気持ちは分かる。だがよ、ここは我慢のしどころだ」

「番方、我慢っていつまでだよ」

「そいつが分からねえ」

と言った仙右衛門が框から立ち上がり、

「おりゃ、ちょいと用事で牡丹屋まで出てくる。小頭、さほどかかるまい」

と会所を出た。

澄乃と遠助は金次があれこれと番方に文句をつける前に会所の裏口から見廻りに出ていた。

昼見世の最中《さなか》だが、待合《まちあい》ノ辻《つじ》にも客の姿が少なかった。在所から冷やかしに訪れた客と勤番侍《きんばんざむらい》が、

「ほう、ここが吉原遊廓かね、なんだか、寂しくないかえ」

とか、

「花魁道中《おいらんどうちゅう》はないのか」

などと仲間内で言い合っていた。

「お侍、花魁道中は夜見世《よみせ》の始まり、六つ（午後六時）時分にございますよ」

と浅葱裏《あさぎうら》のふたり組に話しかけた仙右衛門は大門を出て五十間道《ごじっけんみち》を上がった。

道沿いの外茶屋も景気のいい商いをしているところはなかった。

「おい、番方、なんぞ面白い話はないかい」

と名も知らない新米《しんまい》の読売屋《よみうりや》が仙右衛門に問うた。

「あっちこっちに教えてくれねえか」

「妙な話が流れているがね」

「どういうことだ。ためになる話か」

「ためになるかどうか知らないや。七代目の頭取の具合が悪いって話さ」

「ふーん、新入り、番方のおれが知らない話だな。なんぞもっと面白い話を仕入れてきねえ」

と言い残した仙右衛門は五十間道から浅草田圃《たんぼ》へ続く路地に入った。

吉原会所と関わりが深い船宿牡丹屋の二階座敷で面番所の村崎同心が昼間から酒を呑んでいた。

「村崎様よ、真っ昼間から酒かえ。おまえ様にも悪い噂が流れていると聞いたがね、酔っぱらって面番所に面《つら》を出せめえ」

仙右衛門の言葉を聞き流した村崎が、

「まあ一杯付き合え」

と杯を差し出した。

「おりゃ、おまえ様と違い、公儀の役人じゃねえですぜ。会所の番方風情《ふぜい》がそんな真似ができるわけもねえや」

「それがしが公儀の役人だと。三十俵《ぴょう》二人扶持《ににんぶち》だぞ、それも一代抱えときた。袴《はかま》もつけぬ同心風情をなんだと思っているんだ、番方」

村崎同心はすでに悪酔いしていた。

「定町廻り《じょうまちまわ》同心、隠密廻り同心、臨時廻り《りんじまわ》同心と三同心はそれなりに実入りがあるじゃないか。この船宿の酒代はおまえさんが支払うんだろうな」

「冗談を言うでない、牡丹屋は吉原会所と縁《えん》が深いな。番方のほうにツケておくぞ」

と村崎同心が平然として言い放った。

「これだ。で、わっしに話というのはなんです」

「最前、内与力《うちよりき》に呼ばれてな、それがし、無役に落とされるとよ」

「村崎様よ、初めてじゃねえじゃございませんか。これまでもなんとか首がつながってきたじゃないか」

「ああ、なんとかな。だが、ただ今の吉原会所に四郎兵衛も裏同心の神守幹次郎もいないやな。どうにも手の打ちようがない」

と言った村崎は手酌《てじゃく》で新たに酒を注《つ》ぎ、一気に飲み干した。

「村崎様よ、ヤケ酒はよくねえですぜ、身を滅ぼしかねない」

と仙右衛門が忠告した。

「仙右衛門、そんな呑気《のんき》な話ではない。この話はそっちに、吉原会所に関わる話だ」

「どういうことだ」

「それがし、こたびの相手方の頭分《かしらぶん》がだれか分からぬが、吉原会所を潰して、新たな面番所の一部門に組み入れるとよ。つまりな、番方、そなたらは、それがしと同様に廓の中から大門外に放り出されるということよ」

「奉行も承知のことかえ、村崎様よ」

「むろんのことだ」

仙右衛門はしばし返事ができなかった。予想していた以上の最悪の事態だった。

「おい、番方、神守幹次郎はどこにいるのだ」

「こたびばかりはわっしらもおまえ様も神守様を頼りにすることはできませんぜ」

「謹慎一年なんてのうのうとどこぞの禅寺で過ごしているうちに吉原は消えてなくなってよ、だれぞ知らない面の連中が取り仕切っておるわ。それでもよいのか」

仙右衛門は瞑目すると沈思した。だが、なんの答えも浮かばなかった。

「村崎様よ、正直に話すぜ。神守様の居所を承知なのは殺された四郎兵衛様だけなんですよ」

「ちょ、ちょっと待て。四郎兵衛が殺されたなんて知らぬぞ。病の治療をどこぞでしているんじゃないのか」

仙右衛門もうっかりしていた。

「そうだったな、おまえ様は知るめえな。会所でもただ今の仮頭取の三浦屋の旦那を筆頭《ひっとう》にほんの数人しかこの事実を承知の者はいねえ。この話を口外するとおまえ様も口を塞《ふさ》がれますぜ。分かりましたか」

「わ、分かった。四郎兵衛が殺されたのは確かだな」

「ああ、拉致されたあと、殺されて亡骸が廓に届けられたんですよ」

「なんてこった。もはや四郎兵衛も頼りにならないときた」

村崎同心は己の処遇しか考えていなかった。

「三途《さんず》の川をとっくの昔に渡っておられる。あとは」

と言いかけた仙右衛門が口を閉ざした。

「どうした、最後まで言え、言うのだ」

「酒なんぞ呑んでいる場合じゃねえぜ。牡丹屋の帰り道に殺されかねませんぜ。ただ今の吉原を見てみねえ。わっしらが知らない輩《やから》が旧吉原以来の引手茶屋や妓楼を次々に乗っ取ってやがる。村崎の旦那、ここはじいっと我慢してよ、耐え忍ぶしかありませんよ。無理をしたツケは必ず相手方にも来るからよ。いいですかい、おまえ様はどんなことを言われても、この師走《しわす》までは面番所の同心でいねえ」

と仙右衛門は言いながら内与力に引導《いんどう》を渡された村崎同心に、明日はないなと思った。

二

澄乃は遠助を連れて昼見世の終わった仲之町《なかのちょう》を水道尻《すいどじり》の方角に向かって歩いていた。すると小見世《こみせ》に登楼《とうろう》した勤番侍がひとり、編笠《あみがさ》で顔を隠して角町《すみちょう》の木戸から出てくると、犬を連れた澄乃の視線を避けるようにそそくさと大門へと向かっていった。いまやどのような客でも吉原にとってありがたかった。

澄乃と遠助は水道尻の火の番小屋に立ち寄った。この刻限《こくげん》、いつも新之助《しんのすけ》は吹き矢の稽古《けいこ》をしているはずだが、「番小屋」と書かれた火の番小屋の腰高障子《こしだかしょうじ》の向こうに人の気配はなかった。

「遠助、どこかへ出かけたのかしら」

と澄乃が老犬に話しかけているところに、松葉杖をついた新之助が京町《きょうまち》二丁目の木戸口を抜けて戻ってきた。

「澄乃さんよ、いよいよあいつら、大威張《おおいば》りで吉原に戻ってきやがったぜ」

「あいつらってだれよ」

「佐渡《さど》の鶴子《つるし》銀山《ぎんざん》の持ち主だか、荒海屋《あらうみや》金左衛門《きんざえもん》一味が角町の俵屋《たわらや》に戻ってやがる」

「えっ、真《まこと》なの」

「おお、おりゃ、姿を確かめようと蜘蛛道から俵屋の裏口に近づくとよ、あやつの声が聞こえてくるじゃねえか。話しっぷりからするとな、どうやら近々俵屋を再開するつもりだな」

廓に入るには大門を通らねばならない。だが、このところ吉原会所の若い衆も浮足立って荒海屋の廓入りを見逃したようだ、と澄乃は思った。

「間違いないの」

「澄乃さんよ、廓内であやつが最初に声をかけたのはこの新之助だぜ。あの煙草《たばこ》吸いのしゃがれ声を聞き間違えるわけもねえ。それでよ、面なりとも確かめようと裏戸に近づいたところでよ、中から戸口が開かれて台所の板の間に立っていた荒海屋と眼が合っちまったんだ」

「えっ、大事なかったの」

と澄乃が驚きの声で尋ねた。

「あやつさ、おれの面を見て、にやりと笑いやがった。『その気になったたっちゃか、新之助さんさ』と問いやがった。おれが先を越されて黙り込んでいたら、『あんた、火の番小屋を辞めて、うちに鞍替《くらが》えする気で訪ねたんでねえかや』と笑いながら質しやがったのよ、『給金は番太《ばんた》の二倍は出すさ』ともぬかしやがった。おりゃ、なにも言えずに黙っていると、さらにぬかしやがった。『壱太郎《いちたろう》とお華《はな》は、あんたと会所の女裏同心にしてやられたっちゃな。となると、あんたもうちの一味に鞍替えし損ないました、それよりあんたらの命が危ないのう』と佐渡言葉でよ、笑いやがった」

と新之助が顔に恐怖を残したまま、説明した。

「悔しいけど、あいつらの言う通りになりそうね」

「おりゃ、その場から逃げ出そうと思ったが、用心棒らしい浪人者《ろうにんもの》が、金左衛門がおれと親し気に問答しているものだから、敵か味方か迷った風で松葉杖姿のおれを見てやがったのさ。で、おれも腹立ちまぎれに余計なことを口にしちまったんだ」

新之助が言った。

澄乃が新之助をじいっと見た。

「『荒海屋の旦那、七代目の一件、やり過ぎましたな。吉原会所だって頭取が殺されたとなれば、意地がありますぜ』と言い返すとな、あやつが『新之助さんや、吉原会所に意地があるんなら、見てえもんさなあ。もはや吉原会所には七代目の頭取もおらん、裏同心の神守幹次郎もどこへ雲隠れしているんだか、姿はねえし。となると、吉原の商いは、うちどもが引き受けてやるっちゃ』と言いやがった。そこへ貸本屋の元《げん》の字が通りかかったんで、元の字に従って角町の表に逃げてきたところさ。おい、『吉原の商いを引き受ける』ってどういうことだ」

「分からないわ」

と澄乃が首を横に振った。

「澄乃さんよ、おれたちが俵屋の孫ふたりを助け出したことが仇《あだ》になったのかね。

まさか七代目まで殺されるなんて思いもしなかったぜ」

「七代目の死は未だ吉原では公《おおやけ》になってないのよ。これ以上口にしないで」

四郎兵衛の死を新之助に告げたのは澄乃当人だ。

「おまえさんから聞かされてついむかっ腹が立ったからさ、荒海屋金左衛門に言ってしまった。まずかったかね」

「まずいもなにも七代目を拉致してむごい殺し方をしたのは、あいつら一味よ。新之助さんが言わなくてもとくと承知よ。私が恐れているのは、廓内に四郎兵衛様の死が広まることなの」

「ああ、澄乃さんよ、そうは言うけど、荒海屋金左衛門一味が大手を振って仲之町をのさばり歩いてみな、四郎兵衛様の一件はたちまち知れ渡らないかい」

「あいつらが言いふらすことも考えられるわね。となると、いよいよ吉原会所も追い込まれることになる」

「ああ、追い込まれたな。仮頭取の三浦屋の四郎左衛門さんの身だって危ないぜ」

と新之助が言った。

しばらく黙り込んで考えていた澄乃が、

「この足で荒海屋金左衛門一味が廓内に戻ってきたことを三浦屋の旦那様に知らせておくわ。廓内だろうと独りで歩いてほしくないもの。四郎兵衛様の二の舞は御免よ」

と澄乃が言った。

「澄乃さんよ、同じことを何遍も聞きたかないが、神守様はどこにおられるのかね。江戸にいるんならさ、吉原のこの事態を承知していなさろうじゃないか」

新之助の言葉に澄乃はしばし間を置いてから言った。

「私は神守様が江戸にはおられないような気がするの」

「じゃあ、どこに、なんのためにいるんだい。もはや謹慎だ、蟄居《ちっきょ》だなんてのんきなことは言っておられないぜ」

澄乃は新之助に、最近汀女と仮頭取の四郎左衛門らに聞かされたことを告げてよいかどうか己の胸に問うていた。

新之助は俵屋の孫ふたりが拉致された一件で、澄乃といっしょにふたりを助け出す手柄を立てていた。また新之助も澄乃同様吉原の新入りだが、互いに信頼してよい間柄と言えた。

「神守幹次郎様の一年間の謹慎は、神守様に失態があったからではないの。四郎兵衛様は、吉原会所の八代目頭取に神守様をと考えられ、町名主方に内々に相談なされたのよ。すると吉原者でもない人間を吉原会所の頭取に就かせるわけにはいかないと何人かの町名主が強く反対されたそうよ。そこで四郎兵衛様は、奇策を考えられた」

「ありもしないしくじりを仕立てて神守様のいない吉原会所がどんな風になるか、町名主たちに知らしめようとなさったか」

と新之助が先読みした。

「まあ、そんなとこね」

「だがよ、あの神守様が柘榴の家にじいっと謹慎なんかしてないよな」

「そのとおりよ。衰退した官許の遊里吉原を復興させるには、新たな強い頭領が要る。いまや吉原者がどうのこうのという場合ではないと考えられた四郎兵衛様に、神守様は、『謹慎』の間、吉原の先達《せんだつ》ともいえる京の遊里に行かせてほしい、ただ今の京の花街《かがい》から吉原は知恵を借りたい、学びたいと願われて、四郎兵衛様はそのことを了解なされた」

「さすがに四郎兵衛様と神守幹次郎様だな。考えることがでけえや」

と新之助が得心《とくしん》するように頷いた。

「ところが神守様の一年の謹慎を利そうと考えた輩がいた。四郎兵衛様が思った以上に吉原を乗っ取ろうとする連中の力が大きかったことは、もはや新之助さんに説明する要はないわね」

「ねえな」

と答えた新之助は、

「京にいる神守様は、吉原が陥《おちい》っている苦境を知らずにいなさるのか」

と問い、

「四郎兵衛様は、折々に神守様に文《ふみ》で知らされていたと思うわ」

と澄乃は推量を述べた。

「その四郎兵衛様が殺されたいま、三浦屋の旦那は神守様に急ぎ連絡《つなぎ》を取られたのか」

「いえ、三浦屋の旦那様はそこまでなさっているとも思えない。というのも生前四郎兵衛様は、どのような事態が起ころうと神守幹次郎様には一年の歳月を与えたいと常々言われていたそうですからね」

と澄乃は人の噂としてそう承知していると新之助に言った。

「澄乃さんよ、今や吉原が乗っ取られようって難儀が降りかかっているんだぜ。

三浦屋の旦那が知らせないのなら、汀女先生はどうだ」

幾たび目だろう。

澄乃は沈思し、首をゆっくりと横に振った。

「汀女先生も京に知らせてないのか」

「ないと思うわ。京の遊芸をたった一年で修業するなんて土台無理なことよ」

「ああ、奥山《おくやま》のチンケな芸人だったおれが言うのも妙だがよ、芸どころの京の遊芸をだぜ、江戸へ持ち帰るなんて最低でも十年はかかるぜ、それをたった一年か」

「新之助さん、ただ今の吉原にはその一年がどれほど大事か、町名主の方々は神守幹次郎様のいない吉原がどうなったか、未《ま》だ気づいておられないわ。金の力で老舗の妓楼や引手茶屋が次々に荒海屋一派の手に落ちているのにね」

「だからよ、一日も早く神守様がよ、京から戻ってくるがいいじゃねえか」

澄乃がふたたび間を置いた。

「京には神守幹次郎様おひとりで行かれているわけではないの」

「なんだって、ひとりじゃねえって、だれが一緒なんだよ」

「加門麻様がごいっしょだそうよ。おふたりは、別々の住まいで京の花街のことを学んでおられるとか」

「薄墨太夫《うすずみだゆう》だった加門麻様が京におられるのか」

「わずか一年で京の遊芸を学ぶには男と女の眼差《まなざ》しがいると、神守様も四郎兵衛様も、汀女先生も考えられたの。そんなわけだから、こちらの都合で、さあ戻ってこいとは、この事実を知っている方々には容易《たやす》く言えないのよ」

「分かったような、分からないような理屈だな。神守様と麻様がよ、京から江戸に帰ってきたときには、吉原がおれたちの知らない輩が仕切る妙ちきりんの遊里になっているかもしれないんだぜ」

と新之助が言い切った。その言葉を聞きながら、

(ひょっとしたら京へ早飛脚《はやびきやく》を立てた者がいるとしたら、神守幹次郎様の盟友とも言える南町定町廻り同心桑平市松《くわひらいちまつ》様か、身代《みが》わりの左吉《さきち》さんかもしれない)

と澄乃は思った。


新之助と別れた澄乃は遠助を連れて、吉原有数の老舗の大籬三浦屋を訪ねる前に京町二丁目の木戸門を潜った。なにか曰くがあってのことではない。女裏同心の勘みたいなもので、三浦屋を訪ねる前、紗世《さよ》のいた芳野楼《よしのろう》に立ち寄っていこう

と思ったのだ。遠助は裏口のところに待たせておいた。

夜見世が始まる前だ。

台所では角火鉢を挟んで遣手《やりて》になり立てのぬいが妓夫《ぎゆう》の又吉《またきち》と茶を喫していた。又吉は、芳野楼の呼び込みでもあり、遊客の支払いが足りない場合は客に従い、取り立てに行く付馬《つきうま》でもある、なんでも屋だ。慣れない遣手のぬいに又吉があれこれと指南《しなん》している気配だ。だが、ぬいは真剣に聞いているとも思えなかった。

「もう聞きつけたの」

と澄乃を見てぬいが、これで又吉から小言《こごと》を聞かずに済むといった顔で問うた。

「なにを聞きつけたと申されますか」

ぬいの本業は裁縫方のお針《はり》だ。遣手の紗世が急に辞して、ぬいが遣手を兼ねることになったのだ。どちらかというと茫洋《ぼうよう》とした人柄で、遊女を束ねる遣手には向いていなかった。

「だからさ、お紗世さんが戻ってきたんだろ」

「えっ」

と驚きの声を発したのは又吉だ。

「おぬいさん、あの紗世が戻ってきたってどういうことだい」

「又吉さん、この廓に姿を見せたのさ」

「ちょっと待ってくんな。うちの楼にどれだけ迷惑かけて出ていったよ。旦那は承知かえ。女将《おかみ》さんには言ったのか」

「いえ、未だだけど言ったほうがいいかね」

とぬいが又吉に聞いた。

澄乃は黙ってふたりの問答を聞いていた。

ぬいが澄乃を見た。

「分かったわ。こちらにいた遣手のお紗世さんは、潰れた大籬、俵屋の遣手に鞍替えしましたか」

「それがさ、女将さんだって」

と応じたぬいの言葉に又吉が魂消《たまげ》て、澄乃も驚いた。そのあとのふたりの激しくてのんびりした珍妙なやりとりを聞きながら、いよいよ吉原と会所は追い込まれたと思った。

「おぬいさん、又吉さん、この一件、こちらの主夫婦に話されることは結構ですが、紗世さんに会いに行くような真似は絶対にしないでください。私、これから三浦屋の四郎左衛門様にお会いして、経緯《いきさつ》を話します。仮頭取のご判断があると思います。いいですか、紗世はもはやこちらにいた遣手のお紗世さんとは違います、別人と思ってください。何人もの命を奪った殺し屋一味の仲間と思われます。おふたりも手出し、口出しは無用ですよ」

澄乃が真剣な顔で願った。そんな澄乃の言葉に、又吉は理解がつかないという顔つきだった。一方ぬいは、納得したようなしないような曖昧《あいまい》な表情をしていた。

澄乃は遠助を伴い、三浦屋の裏口から台所に入ると、おいつがいた。

「おいつさん、旦那の四郎左衛門様はおられますか」

「帳場座敷で声がしていたがね。なにか用事かい」

「お会いできるかどうか聞いて頂けませんか」

「旦那の話し相手は番方だよ。用事があるなら帳場にお行きよ。遠助は私が見ているからね。なんだか急に暇になってさ、手持ち無沙汰だよ」

という声を聞きながら、澄乃は階下の大座敷で部屋を持たない新造《しんぞう》たちが化粧をするのに会釈《えしやく》した。

桜季《さくらぎ》と涼夏《すずか》が澄乃に目顔《めがお》で挨拶を返した。

帳場座敷の障子戸前に立った澄乃が、四郎左衛門と仙右衛門が話し合う声を聞きながら、

「澄乃にございます」

と訪《おとな》いを告げると、

「澄乃か、俵屋の一件を四郎左衛門様に報告していたところだ」

と仙右衛門が応じた。

なにしろ吉原会所の先代が身罷り、三浦屋の主の四郎左衛門が仮頭取を引き受けたが、老舗の大籬の商いを見ながらのことだ。吉原会所の頭取も三浦屋の仕事も片手間というわけにはいかない。事が起こるたびに番方は自分で判断のできない一件を三浦屋に報告することになり、まどろっこしかった。

「番方、もうご存じでしたか」

「俵屋に荒海屋の一味が戻ってきた一件だな」

仙右衛門が澄乃に質した。

「それもありますが、芳野楼の元遺手だった紗世が、朋輩《ほうばい》だったおぬいさんに会って、俵屋の女主人になると告げたそうです」

「なんですって」

と三浦屋の主が驚きの声を上げた。番方も驚きの顔をしていた。

「芳野楼の遣手だった女が大籬の俵屋の女主になるというのか、澄乃」

「はい、そうおぬいさんに告げたそうです」

「いよいよ、一味は正体をあらわにしましたかな」

四郎左衛門が、どうしたものか、という困惑の顔で澄乃を見た。

澄乃は新之助から聞いた話をふたりに告げた。

「俵屋に荒海屋金左衛門と紗世が戻ってきたとなれば、差し当たって俵屋があやつら一味の本陣だな」

「強気ですな、あやつら」

四郎左衛門が悔し気に言った。

「荒海屋の背後にいる公儀のお偉いさんから四郎左衛門様になんぞ話がございましたか」

「いえ、その御仁からはなんの使いもございません。ですが、明後日、私は月番の北町奉行様に呼ばれております。その場に南町奉行様も同席なさるそうです」

「四郎左衛門様、もしや村崎同心がわっしに話した吉原の改革とやらが公に告げられるのではございませぬか」

と仙右衛門が気にして、

「えっ、旧吉原から二百年近く続いてきた吉原がいきなり潰されるのでございますかな、そんなことはありますまい」

と四郎左衛門が呟《つぶや》くように言った。

澄乃も分かっていた。

四郎左衛門は何代にもわたる老舗の大籬三浦屋の主ではあったが、四郎兵衛のように吉原会所の頭取として公の通告がある前に事前に情報が伝わる人脈を持っていなかった。ためにこたびの難儀も公儀から四郎左衛門のもとへは情報が入っていなかった。妓楼と会所の情報網は違っていた。だからこそ、四郎兵衛と四郎左衛門は盟友として成り立っていた。

「四郎左衛門様、明後日の町奉行からのお呼び出し、まず吉原会所が面番所に組み込まれるという通告ではございませんかな」

「というと、番方、吉原会所はどうなりますな」

「これまで、官許の廓吉原を名目上監督差配《かんとくさはい》していたのは町奉行所でございますな」

「いかにもさよう、それをどうするというのですかな」

「官許の遊里というても監督差配が町奉行所では堅苦《かたくる》しいし不都合や差し障《さわ》りがございました。そこで代々の奉行所とわっしら吉原者が話し合って、吉原会所という町奉行所支配下の組織を設けたのではございませんか。つまり町奉行所の隠密廻り同心を大門の中に常駐させておく。だが隠密廻りは、言葉は悪いがお飾りだ。その代役として廓内の出来事の大半は、頭取四郎兵衛を代々戴いた吉原会所が泥をかぶって仕切るという仕組みでございました。かようなことを三浦屋の旦那に説明する要もない。お聞き苦しゅうございましょうが、もう少し我慢をしてくだされ」

と願った仙右衛門が、

「わっしの推量でございますがな、こたびのお呼び出しは、町奉行所支配の官許の吉原改革を名目に吉原会所を解体するという通告ではございませんか」

と言った。

「とすると私ども妓楼や引手茶屋、あるいは遊女や芸者衆はどうなりますな」

「官許の遊里とはいえ、わっしどもが務めてきた吉原会所の仕事には表もあれば裏もある。光と闇が一体化したものでございました。町奉行のずっとずっと上におられるはずの、そのお方が取り仕切られる、となると」

「番方、そのお方とはどなたですな」

「四郎兵衛様が存命の折りに、四郎左衛門様はなんぞお聞きになりませんでしたか」

三浦屋の主が首を横に振り、仙右衛門が澄乃を見た。

番方はむろん町奉行のずっと上の人物とは誰かを承知していた。芳野楼のお針にして遣手のぬいとも、また紗世が所持していた『妾長屋《めかけながや》』の差配を引き受けていた花《はな》ともいちばん親しかったのは澄乃だと仙右衛門は見ていたのだ。ゆえに知っていれば仮頭取の四郎左衛門に説明せよと目顔で命じていた。

三

澄乃は仙右衛門から目顔で質されて知っていることを含めてすべて話した。四郎左衛門が一連の件をほとんど知らないことに驚いた。だが、考えてみればただ今の吉原会所の仮頭取は妓楼三浦屋の主なのだ。四郎兵衛が存命の折りは、長年の盟友としてあれこれと話し合ってきたが、こたびのような大掛かりな吉原乗っ取り話だ、まず四郎兵衛は探索従事の数人の配下に限って告げざるを得なかったのだ、と澄乃は思った。そこで荒海屋金左衛門の上に控えている人物が、

「上様《うえさま》の近習《きんじゅ》中の近習」

であることを告げた。

「公方《くぼう》様の近習ですと、どなたですね」

と四郎左衛門が問い質した。

「御側御用取次朝比奈義稙《おそばごようとりつぎあさひなよしたね》様、と聞いております」

と答えると、四郎左衛門は、

「家斉《いえなり》様の御側御用取次朝比奈様ですと、いくらなんでもそんなわけはありますまい」

と即座に疑いを述べ、

「そなた、どこからその話、仕入れなすった」

と質した。

「汀女先生よりお伺いしました」

「なんと」

四郎左衛門が絶句した。

「町名主の私どもは全く知らされておりませんでした。そもそも四郎兵衛さんはどなたからそれを聞かれたのです」

「芳野楼の主、早右衛門《そうえもん》様から聞かされたようです」

「半籬《はんまがき》の芳野楼の主がなぜさようなことを承知しておるのです」

「三浦屋の旦那様、ここからの話はいろいろな見聞を踏まえ、私なりに推量したものです。そのお心算《こころづもり》でお聞きくださいまし。あの楼の遺手は紗世でございましたね。こたびの吉原乗っ取りの黒幕のひとり、紗世は長年の情夫を持っておりましてね、紗世が育てた遊女の客、いえ、紗世の長年の情夫が朝比奈義稙様だったそうです。この御仁、上様の信頼厚い人物だそうですね」

「ただ今の老中方と上様を取り次ぐお方です、絶大な力を持っておられる。かようなお方が半籬の芳野楼に出入りしていたとはおかしゅうございましょう」

四郎左衛門は澄乃の説明にも拘わらずそこに疑義を抱いているようだった。

「芳野楼でも朝比奈様の登楼の事実は長年紗世によって秘匿《ひとく》されてきたのでございますよ。半籬の芳野楼にかような身分の御仁が出入りしているとは主の早右衛門さんもつい最近まで知らずにきたようです。遣手だった紗世は、芳野楼においてそれだけ絶大な力を持っていたということでしょう。わっしどもも全く気づかなかった」

と仙右衛門が澄乃に代わって言い添えた。

「驚きました」

四郎左衛門は未《いま》だ驚きを隠せないでいた。もし真に公方様の御側御用取次が登楼するとしたら、うちのはずだと考えている表情だった。

「四郎左衛門様、朝比奈様は『七分積金《しちぶつみきん》』なる公儀のお触れを仕切っている人物だそうですな」

「なんとそのようなことがこたびの騒ぎに関わりございますか」

「わっしらも四郎兵衛様にちらりと聞かされただけで『七分積金』がどのようなお触れか詳しくは存じませんや。なにしろ番方なんぞと呼ばれてもわっしらは遊里の下働きでございますからな」

仙右衛門の自嘲《じちよう》の言葉に四郎左衛門が沈思した。

長い沈黙のあと、口を開いた。

「番方、昨年に公儀から通告された『七分積金』は江戸の大地主らに毎年二万六千両を出資させて、疫病《えきびよう》やら大火《たいか》の折りに助成する金子《きんす》を積み立てる仕組みでしてな。『御救《おすくい》』を名目にしていますが、実際にはこれらの大金を『勘定所御用達《かんじようしよごようたし》』の商人十人と町衆の頭分『肝煎名主《きもいり》』の六人が采配《さいはい》を揮《ふる》って利を得る制度ですよ。ですがね、それもあくまで名目、商人と名主の十六人の上で采配を揮うのは、ひとりの人物と聞いております」

「その人物が朝比奈某《ぼう》ですかな、三浦屋の旦那」

「そう噂に聞いております」

と応じた四郎左衛門が深い溜息《ためいき》を吐《つ》いた。

三浦屋のような老舗の大楼には公儀の重役たちが集って飲み食いし、高級遊女らと遊んだ。だから、四郎左衛門のもとには政《まつりごと》から商いまであらゆる情報がもたらされていた。ゆえに、

「上様の代役になり得る力と勝手次第に使える大金の二つが備わっていれば、御免色里を看板にしてきた吉原をかの御仁ひとりの判断で乗っ取ることもできないわけじゃない」

と言い切った。

そのとき、三浦屋四郎左衛門は、盟友の四郎兵衛がその背に負っていた重荷と、そして悲劇の結末を思い出していた。

「どうしたもので」

と思わず吐息を繰り返した。

だが、仙右衛門も澄乃も答える術《すべ》は持っていなかった。

その夜も澄乃は浅草並木町の料理茶屋山口巴屋に汀女を迎えに行った。いつもは汀女の警固役を務めればよかった。が、今宵は汀女に聞きたいことがいくつかあった。

いつものようにふたりは浅草寺《せんそうじ》の本堂で合掌《がっしょう》してから、随身門《ずいじんもん》へと向かった。

「汀女様、お聞きしたいことがございます」

「澄乃さんの顔つきがいつもとは違うと思うておりました。どうなされた」

「最前まで三浦屋の旦那様、会所の仮頭取と会っておりました。番方といっしょです」

歩きながら汀女が澄乃を見た。

「汀女様はこたびの騒ぎの黒幕が公方様の御側御用取次の朝比奈様と承知しておられましたね。四郎兵衛様より、存命中にお聞きになっていたのでしょうか」

「はい、私がこの一件を最初に耳にしたのは三井《みつい》のご隠居楽翁《らくおう》様と四郎兵衛様が面談なされたあとのことでした。されどそれは曖昧な話でございまして、四郎兵衛様も戸惑っておられる様子でした」

澄乃が得心したように頷いた。

「私が詳しい話を知ったのはつい最近、四郎兵衛様が身罷られたあとのことです。

浅草並木町の山口巴屋に芳野楼の主の早右衛門様が参られました。昼餉《ひるげ》の刻限過ぎに、私がいることを承知で参られたようです。早右衛門様はすでに四郎兵衛様が殺されたことを承知で、脅《おび》えておいででした」

「汀女様になんぞ聞きにこられたのでしょうか」

「四郎兵衛様の死を確認されると、朝比奈様が芳野楼に長年出入りしていたことを告げられました。そして遣手だった紗世さんの情夫が身分を隠して登楼していた朝比奈様だったことを告げられました」

「用件はそれだけだったのでございましょうか」

「早右衛門様は吉原会所の七代目が殺されたわけが、芳野楼のお針にして紗世の跡を継いで遣手を務めるぬいが持っていた文箱《ふばこ》にあるのではないかと気になさっておられました。つまり四郎兵衛様の死は、文箱と関わりがあると考えておられました」

澄乃はしばし黙して汀女の歩みに従っていた。そして、ふと気づいた。だれぞに監視されているということを。だが、そのことは口にせず、

「汀女先生、京におられる神守幹次郎様に四郎兵衛様の死を文にて告げられましたか」

と話柄を変えた。

「いえ、私は知らせておりません。幹どのは表立っては吉原会所から一年間の謹慎を命じられた身です。そんな幹どのに私の一存で知らせるなどありえません」

「神守様は未だ四郎兵衛様の死をご存じありませんでしょうか」

「それはなんとも言えません。幹どのも麻も京にて吉原復興のために修業をしていることを吉原会所の仮頭取の四郎左衛門様は承知しておられました。この一件を知らされておらぬ町名主方に今さら、謹慎中の幹どのが京に滞在しているなどとは言えますまい。となると幹どのを呼び返すなどできますまい」

「はい、新たな厄介《やっかい》が生じます」

と澄乃は返事をしながら監視の眼を気にした。

もはや柘榴の家は直《す》ぐそこだった。

澄乃は、京の神守幹次郎に文で知らせる人物がいるとしたら、やはり南町の桑平市松定町廻り同心か、身代わりの左吉しかないかと考えていた。

地蔵《じぞう》が汀女と澄乃の帰宅に気づいたか、嬉し気に吠えた。

翌朝早く澄乃は、八丁堀《はっちょうぼり》の桑平邸を訪ねた。澄乃は、おあきに木綿《もめん》ものの時節の着物を借り受けて、背中には竹籠を負い、小梅村界隈《こうめむらかいわい》の百姓の娘の形《なり》に変えていた。また汀女に頼んで、番方に吉原会所に出るのが遅くなることを伝えてもらうことにした。

八丁堀に向かう前に浅草寺門前で店を開ける前の玩具屋と菓子屋に寄り、子ども用の木刀や搗《つ》き立ての餅に餡子《あんこ》をのせた幾代餅《いくよもち》を買った。吉原会所の裏同心でなければ開店前の店で幾代餅を包ませるなんていう芸当はできなかった。

「会所の姉さん、えらく早いな」

と幾代餅の店の男衆《おとこし》が品を竹皮に包みながら聞いた。

「知り合いのお子に土産《みやげ》ですよ」

と応じた澄乃は、それから猪牙舟《ちょきぶね》を雇って八丁堀に一気に向かった。

「お早《はよ》うございます」

と通用戸を潜って声をかける澄乃に応じたのはなんと当人の桑平市松だった。

「物売りか、ここを八丁堀と知ってのことか」

と呆《あき》れ顔で問い詰めた桑平はすぐに姉《あね》さんかぶりの女の正体に気づいた。だが、さすがは定町廻り同心だ、すぐに、

「なんだ、その形は、吉原」

と言いかけた桑平が、

「雪《ゆき》の従妹《いとこ》の春乃《はるの》ではないか」

澄乃の意図を悟《さと》り、身罷った女房の名を出した。

「桑平様、江戸へいささか御用の筋がございまして、伺いました」

と澄乃も川向こうから来た風に虚言《きよげん》を弄した。

「なんの用だな」

桑平が小声に変えて問うた。

「桑平様は京のお方に文を出されましたか」

「うーむ、あのお方が江戸に戻っておられるのか」

「いえ、その様子はございません。吉原会所では京へだれも文での連絡《つなぎ》を取っておりません。あのお方が吉原の苦境を承知かどうか突き止めておきたいのです」

「北国《ほっこく》に新たな危難が降りかかっておるのか」

「番方にも無断でこちらに伺っております。吉原の乗っ取りを謀る荒海屋金左衛門一味が、潰した俵屋を本拠地とするために戻っております」

「いつかは現われると思っておったが、とうとう戻ってきおったか。面番所の隠密廻りはどうしておる」

「桑平様、本日のこと、私の一存でございます」

「面番所には知らぬ振りをしていよと言うか」

「はい」

「相分かった。が、そなたの話を聞く前に最前の問いに答えておこう。それがしと身代わりの左吉じゃがな、会所が動けぬと思うて、われらはそれぞれの知りうるかぎりの話を書いて文を京へ出した。というても、四郎兵衛頭取の非業の死の一事のみであのお方ならば、吉原の苦境を察せられよう」

「いつのことでございますか」

「ひと月半ほども前のことだ。それがしにも左吉にもあのお方から連絡は入っておらぬ。ということは」

「江戸には帰っておられませぬか」

町飛脚で出したとしても江戸から京ならば早くて四日、どんなに遅くとも十日で着いた。となれば幹次郎の決断次第では二十日もあれば江戸に戻っていなければならない。

「会所にもわれらにもなんの連絡もないとなると、京で動くに動けぬ事態に巻き込まれておるか」

と桑平が応じた。

そのとき、奥から桑平と雪のふたりの子、勢助《せいすけ》と延次郎《のぶじろう》の声がした。どうやら今起きたらしく女の声が寝間着から普段着へ着替えさせている様子だった。

「なにしろ加門麻様を同行しておるゆえな、迅速な行動はとれまい」

「もはや吉原には猶予《ゆうよ》がありません」

「新たになんぞ起こったか」

「荒海屋の背後に控える黒幕の正体が知れました。四郎兵衛様は、その者の正体を摑んだゆえ殺されたのではありませぬか」

「吉原会所もなす術のない輩か」

「公方様の御側御用取次とか」

「まさか朝比奈義稙様ではあるまいな」

「そのお方と聞いております。汀女先生から荒海屋金左衛門は、そのお方の傀儡だとお聞きいたしました」

「澄乃、そのお方が黒幕なれば、吉原はいつ乗っ取られても不思議ではない」

と言う桑平の沈んだ声に緊張とも諦《あきら》めともつかぬものが窺《うかが》えた。

「あのお方、幕閣《ばっかく》の中でもどなたとも親しく付き合わぬそうな。じゃが、家斉様の信頼が厚いで老中とて抗えぬと聞いたことがある。澄乃、吉原会所は一番やり難《にく》い御仁を相手にした。四郎兵衛が拉致されて殺されたことを信じたくなかったが、これで得心した」

「桑平様、朝比奈様に弱みはないのでございますか」

「それがしは三十俵二人扶持の町奉行所同心だぞ、相手は家斉様の近習中の近習、月と鼈《すっぽん》ゆえな、どのようなお方か、お顔も見たことはないわ。待てよ」

と言った桑平がしばし腕組みして考え込んだ。

「成り上がりと聞いたゆえ、賂《まいない》に弱いかのう。むろんなんの証《あかし》もない。それがしの想像に過ぎぬ」

「桑平様、このお方、『七分積金』の大金を勝手に使えるそうな」

「なに、『七分積金』の金子じゃと、あれは『御救金』じゃぞ」

と思わず大声で応じた桑平の声に、

「父上、どなたです」

と勢助と延次郎が玄関先に飛んできた。

「これ、勢助、延次郎、そのほうら、朝餉《あさげ》を食したか」

と桑平が奥へとふたりを追い立てようとした。奥から雪の母親の従妹みよしが姿を見せてふたりの手を取った。

「ああ、いつか会ったおねえちゃんだぞ。こんど、浅草寺に連れていくと約束したな」

と兄の勢助が覚えていた。

「ご免なさいね。御用が忙しくて約束を果たしてないわね」

と応じた澄乃は未だ背に負っていた竹籠を下ろすと、

「勢助さんはこちら、延次郎さんはこの短い木刀でどう。剣術は父上に教えてもらいなさい」

と言いながら浅草の玩具屋で買った、鍔《つば》がついた木刀を渡した。

「おお、父上、木刀ですよ。これもらっていいのかな」

と勢助が気にした。

父親の桑平市松は同心屋敷に頼みごとに来る人間はすべて追い返し、賂は金であれ品であれ、受け取らなかった。ために勢助が質したのだ。

「澄乃は父上の知り合いじゃでな、仕事仲間だ。ありがたく頂戴《ちょうだい》いたせ。じゃが、その前にお礼を申せ」

「はーい」

と返事をしたふたりが木刀を普段着の帯に差し、玄関先に出て、

「すみのさん、ありがとう」

「おねえちゃん、ありがとう」

と礼を述べた。

「みよし、ふたりを奥へ連れていけ」

と桑平が命じる前に、澄乃は雪の母親の従妹のみよしに、

「こちらは浅草寺門前の幾代餅です。あとでみなさんで召し上がってくださいな」

と渡した。すると延次郎が、

「わーい、やった」

と歓声を上げた。

「澄乃、すまぬな、気を使わせて」

「桑平様は清廉潔白《せいれんけっぱく》なお役人ゆえ、受け取っていただけるかどうか案じました」

「それがしとて人を見てのことだ。いや、あのふたりに木刀とは気がつかなかった。暇を見て剣術の稽古をせぬといかぬな」

「かえって面倒をおかけすることになりました」

「いやいや、女親がおらぬとなにかと不便であるわ。雪が亡くなってようやく女房のあり難さが分かった」

としみじみとした口調で言った桑平が、

「澄乃、こたびの一件、吉原に大きな手が入ることだけは間違いない。番方にも三浦屋の主どのにも伝えておいてくれ」

「はい。そうします」

「これから吉原に戻るか」

「身代わりの左吉さんにも会っていこうと思います」

「あやつとはこの半月ほど会っていないわ。あのお方が戻っているならば必ず左吉か、それがしかになんぞ連絡があろう」

と桑平があまり期待するなと言外に澄乃に告げた。

四

身代わりの左吉が常連のざっかけない虎次《とらじ》の煮売《にう》り酒場は馬喰町《ばくろちょう》の路地にあった。

昼前で左吉はおるまいと思ったが、なんといつもの席に坐《すわ》り、酒を独り呑んでいた。左吉は大酒飲みではない。相手がいなければ一合か一合五勺《しやく》の量をゆったりと半刻《はんとき》（一時間）ほど楽しんでいる。今日もそんな日に偶《たま》さか当たったらしい。

「吉原会所の女裏同心の到来か、どうやら会所が閉じられて職をなくしたというので、虎次親方のもとで働かせてもらおうと訪ねてきたか」

「まだ吉原会所はございます。ゆえに未だ馘首《かくしゆ》はされておりません」

「ほう、それはなにより。小伝馬町《こてんまちよう》の牢《ろう》屋敷では吉原会所が潰されたと噂になっておったがな」

左吉は朝の間に牢屋敷を放免されてきたばかりのようだ、と澄乃は思った。

「それにしても田舎《いなか》くさい形をしておらぬか」

と竹籠を負った澄乃を左吉が眺めた。

「八丁堀に桑平様を訪ねておりましたので、かような形をしておりました」

「吉原会所の女裏同心が南町の定町廻り同心の役宅に出入りして昵懇《じつこん》との評判が八丁堀界隈で立つのはよろしくないか」

「まあ、そんなところでございます」

と澄乃が答えると料理人の竹松《たけまつ》が小僧の磯吉《いそきち》に茶を運ばせてきた。どうやら澄乃に供しようという心算らしい。

「あら、竹松さん、磯吉さん、客でもないのに恐縮です」

「左吉さんの声が調理場にも聞こえたぜ。うちはよ、澄乃さんが奉公《ほうこう》してくれるのは大歓迎だぜ。たった今からでも働いてもらおうじゃないか」

と竹松がにこやかな顔で言った。

「竹松、おめえ、いつからうちの主になったよ」

その時、虎次が顔を出し、竹松に質した。

「澄乃さんはたしか親方の姪だったよな、うちで働いていた折りよ。鼻の下のなげえ馬方《うまかた》や駕籠《かご》かきどもが急に増えたことがあったろうが。いいじゃねえか、また働いてもらったらよ、売上げが上がっておれの給金も上がらねえか」

澄乃は確かに吉原会所の御用で虎次の酒場に姪と偽って働いたことがあった。

「ふーん」

と虎次親方が鼻で返事をして、

「鼻の下がなげえのは客じゃねえ、おめえだろうが」

と言い放ち、

「竹松さん、左吉さんにも申し上げましたが吉原会所はございます。ご心配なく」

「といってもよ、牢屋敷で噂になるってのはよ、それなりの証があるってことだよな、身代わりの旦那よ」

昼餉の刻限には早いせいか、虎次も竹松もなんとなくのんびりしている。

「ああ、大牢の噂はな、いい加減のようでなかなか確かなもんだ。正直、おれも案じているのよ」

という左吉の口ぶりには四郎兵衛が殺されたことを知る者の危惧《きぐ》があった。

「吉原会所の大黒柱の七代目頭取はよ、病に倒れて寝込んでいるってな。その間、三浦屋の旦那が代わりを務めているというが、大籬の主がいきなり吉原会所の頭取を兼任できめえ。どっち一つとっても大仕事だぜ」

と虎次も気にした。

「親方、できねえな」

と左吉が応じて手にしていた杯の酒をゆっくりと呑み干した。そして、澄乃を見て、

「八丁堀の旦那はなんと言ったえ」

と質した。

澄乃は首を横に振った。

「そうか、あちらにも連絡《つなぎ》はねえか」

「左吉さんもあのお方に文を書いたそうですね」

「余計なこととは重々承知だ。だがよ、こたびの一件はただごとじゃねえ。京でのんびりと修業しているなんてできめえ。会所や汀女先生が立場上、あの一件を知らせることができねえのは察しがつくからよ、おれと桑平の旦那がそれぞれ無断でよ、文を出したのよ」

澄乃が頷いた。

「左吉の旦那、だれが京にいるんだよ」

と竹松が問うた。

「竹松も磯吉も、ほれ、おめえらの仕事場に戻りねえ、腹っ減らしが押し掛けてくる頃合いだぜ。左吉さんも澄乃もうちの奥座敷に移りねえ。あそこならだれにも邪魔されないや」

親方の虎次が言った。澄乃の訪いが御用によるものと察して気にしたのだ。

「あいよ」

虎次の命に従った竹松と磯吉が調理場に姿を消し、左吉と澄乃は、奥座敷といえば聞こえがいいが、ようは三畳ほどの帳場に入り向き合った。

「左吉さん、桑平様のところにもなんの連絡もないそうです」

と改めて澄乃が言った。

「そうか、ねえか」

「左吉さんにも返信はございませんか」

「ねえな」

とあっさりと言い切った。そして、

「神守幹次郎様がよ、四郎兵衛様が暗殺されたことをおれと桑平の旦那から告げられて、黙っているはずはねえんだがね。京のほうでも神守様を頼りにしているようだから、動くに動けねえのかね。あるいは、なんらかの理由でおれたちの文を読んでねえのか」

と左吉が首を捻《ひね》った。

「桑平様に文を出したのはひと月前と聞きました。神守様がお二方の文を読んでいればとっくになんらかの反応があっていいですよね」

「おれもそう思う」

左吉はそれ以上の言葉を継がなかった。

「左吉さんが牢屋敷で聞いた話がどんなものか知りませんが、佐渡の銀山の山師、荒海屋金左衛門一味の背後にいる黒幕が家斉様の御側御用取次の朝比奈義植様ということをご存じですか」

「なにっ、公方様の近習だって、そいつは厄介なんてもんじゃねえぜ」

と驚く左吉に桑平の御用屋敷で話したと同じことを澄乃は手短に告げた。

「力と金を握って老中さえ恐れさせる野郎がようも吉原の芳野楼なんて半籬の楼で我慢してきたな」

「そこです。どうやら遣手だった紗世と長い付き合いだったそうです」

「それにしてもこれまでよくまあ知られなかったな。こやつ、成り上がりと見たが生来《せいらい》の臆病者《おくびょうもの》か、用心深いか、厄介極まりないぜ」

「桑平様の考えもいっしょでした。どうすればようございましょうね」

「澄乃さんよ、この六年余の吉原会所を引っ張ってきたのは七代目の四郎兵衛様と神守幹次郎様のふたりだぜ。知恵者と腕利《うでき》きのふたりがいなくなった吉原会所をよ、模様替えと称して潰すのはそう難しくあるまい。『上様の御意向』の一言で吉原会所は消えていく。これまで吉原会所の言いなりになってきた面番所も一新されて、御側御用取次の朝比奈なんとかの支配組織になるな。こやつならば、町奉行の一人やふたり取り換えるのも容易いはずだ」

と言った左吉が、

「朝比奈は半籬の遣手だった紗世と長年の馴染《なじみ》と言ったたな。こやつと紗世は荒海屋一味を表に立てておいて、廓内の引手茶屋やら妓楼やらの内情をじっくりと慎重に探り出していたんじゃないか」

「桑平様の考えも左吉さんとおよそいっしょです」

「おれも考えてはみるが、こいつは神守様がいなきゃあ、なんともならないぜ。これまで見せてくれたような荒業《あらわざ》を使えるのは神守様おひとりだからな」

と左吉が弱音《よわね》を吐いた。

澄乃は黙って左吉の言葉に頷いた。

澄乃は虎次の煮売り酒場の帰りに柘榴の家に立ち寄った。するとおあきが地蔵といっしょに姿を見せた。

「こちらに来る前に浅草並木町の山口巴屋に寄ったのだけど、汀女様はまだお見えじゃないそうな。在宅ですか」

「澄乃さん、なにか大変なことが吉原会所で起こったらしいわ。番方の使いで金次さんが見えて吉原に急いで行かれましたよ」

「何事が起こったか、金次さん、言わなかったの」

「ええ、汀女様とふたりだけで話し込んでいて、最後に澄乃さんが柘榴の家に戻ったら、すぐに会所に来るように金次さんが言い残していかれたわ」

とおあきが言った。

「分かったわ。この形を着替えたいの」

と言った澄乃は会所勤めの折りの身なりに素早く戻し、帯の下に先端に小さな鉄輪《かなわ》をつけた麻縄《あさなわ》を巻き込んで隠した。

「おあきさん、吉原でなにが起こってもおかしくないわ。いい、見知らぬ人を柘榴の家の敷地に立ち入らせないでね。なにか起こったら、逃げるのよ。自分の身は自分で守るしかないわ、いまの吉原会所には人がいないの。分かった」

澄乃の言葉におあきががくがくと頷いた。

裏戸から浅草田圃に出た澄乃は早足で五十間道に出た。すると大門の前に面番所の村崎季光隠密廻り同心がうろうろとしていた。

「村崎様、なにがございましたので」

「いまごろ出勤か、お偉いさんの所業じゃのう」

と嫌味《いやみ》を言った。

「いささか廓の外で調べ物をしておりました」

「言い訳はよいわ」

「なにがございましたので」

「それよ。お奉行池田《いけだ》様の内与力に呼ばれてな、わしは隠密廻り同心を外されてついに無役を命じられたのだ。この大門にて御用を務めるのも今日が最後よ」

「はあっ、村崎様の無役入りが大事ですか」

「大事出来《しゅったい》に決まっておるわ。わしは神守幹次郎なんぞが吉原と関わりを持つ前からこの面番所に勤めておったのだぞ。わしは幾たびも定町廻り同心への配置替えを嘆願しておった。それがなんだ、無役じゃと。三十俵二人扶持のみの身分に今さら戻って暮らしが立てられると思うてか」

と村崎同心が歯ぎしりでもしようかという勢いで口角泡《こうかく》を飛ばした。

「失礼します」

と澄乃は袖《そで》を握って引き留めようとする村崎同心の手を振り払い、吉原会所に飛び込んでいった。すると土間に会所の若い衆が大勢無言で立って板の間を見ていた。ために澄乃にはなにも見えなかった。

「遅くなりました」

と詫びる澄乃を板の間の一角《いっかく》に坐す汀女が認めて、顎《あご》を小さく振って無言で招《まね》いた。その動きに若い衆たちが動き、板の間の骸に小頭の長吉が線香をあげているのが見えた。

「なんてことが」

と澄乃は思わず漏らした。

骸は芳野楼の主、髷《まげ》を切り落とされた早右衛門だった。傍らに仮頭取の三浦屋四郎左衛門が茫然としていた。どうやら骸は会所に運ばれてきたばかりらしかった。

澄乃が汀女の傍らに坐すと、

「天女池《てんにょいけ》の桜の木の枝で首を括《くく》っておいでとか」

と小声で囁《ささや》いた。

「自裁《じさい》されたのでございますか」

「首を括られる前に拷責《ごうせき》を受けておいでとか。自裁であったとしても強《し》いられてのことでしょう」

と小声で汀女が言ったとき、芳野楼の女将ら女衆《おんなし》が血相を変えて飛び込んできた。

「汀女様、私、天女池を見てきてようございますか」

澄乃はしばらく会所の中で話すことなどできまいと思った。ゆえになぜ芳野楼の主が天女池の桜の木で首を吊ったか、その現場を見ておこうと思ったのだ。

「直ぐに戻って参ります」

「分かったわ」

と頷く汀女に、澄乃が小声で伝えた。

「京のお方はすでに四郎兵衛様の死を承知でございます。南町の同心桑平市松様と身代わりの左吉さんがそれぞれ文で知らされたそうです」

汀女は澄乃の言葉を吟味《ぎんみ》するように考えていたが、静かに頷いただけだった。

天女池には火の番小屋の番太の新之助と芳野楼のお針にして遣手を兼ねるぬいが無言で佇《たたず》んでいた。

「おぬいさん、なにが起こったの」

澄乃の問いにぬいはなにも答えようとはしなかった。視線をぬいから新之助に移した。

「おれもはっきりとは知らないんだ、ちょっと前に天女池で騒ぎがあったと聞かされてきたところだ。早右衛門さんには早朝に開運稲荷《かいうんいなり》にお参りする習わしがあったそうな。朝の六つ半（午前七時）時分にな。そのことを遣手だった紗世はとくと承知だ。廓内は人の動きが少ない時分だよな。一味が待ち受けていて、早右衛門さんを摑まえてどこぞで拷責を行った」

「なんのために」

「分からないがよ、おぬいさんに聞くと、紗世が芳野楼に残した文箱を『妾長屋』の差配をしていたお花さんに渡したそうな。この文箱は巡りめぐって四郎兵衛様が所持していたはずというんだ。その隠し場所を喋《しゃべ》らなかったがゆえに四郎兵衛様は殺された。紗世は四郎兵衛様がもとの芳野楼の遣手の部屋に戻したんじゃないかと思ったというんだ。いったん手にした文箱を四郎兵衛様が芳野楼に戻したとも、おりゃ、思えないんだがな」

と新之助が言った。

「私もそう思うわ。他の理由があってのことよね。はっきりとしているのは俵屋にいる紗世が早右衛門さんの殺しに関わっていることよ」

「間違いねえ」

しばし考えた澄乃はぬいに質した。

「おぬいさん、その後、紗世と会ってない」

「会った」

「え、どこで」

「旦那が稲荷社から戻ってこないと聞いて、私、開運稲荷に行ってみた。そしたら、紗世さんがひとりでいたわ」

「いつのことよ」

「つい最前よ」

「その折り、紗世はおぬいさんに、なにか言ったの」

「芳野楼はもう終わりだから、俵屋に鞍替えしないか。そのほうが給金も高くなるよと言ったの。私、お針で楼に世話になってきたから女将さんに相談すると答えたわ。そしたら、お紗世さんが、芳野楼はもう潰れたも同然よ、あんたが文箱を花なんかに渡すからこんな厄介になったのよ、って怒ってた。私が『旦那と会わなかったの』と問い返したら、『もう、旦那とは会えないよ』と答えたわ」

ぬいがいつものもっさりとした言い方でようやく説明した。

「紗世はすでに早右衛門さんが死んだ、いや殺されたことを承知していたんだな」

「間違いないわ」

「吉原会所はどうなるんだ。いや、吉原は紗世と関わりのある一味のものになるのか」

澄乃は分からないと首を横に振った。

「私、楼に帰るわ」

とぬいが天女池から蜘蛛道へと向かっていこうとした。

「おぬいさん、絶対に紗世の一味の誘いに乗らないで」

と澄乃がぬいに願うと、

「吉原は潰れるんでしょ」

と応じたぬいがふたりをその場に残して蜘蛛道へと姿を消した。

澄乃は老桜の枝から垂れた麻ひもを見た。

「くそっ、好き放題しやがるぜ。どうにかならないのか、澄乃さんよ」

怒りを押し殺した声音《こわね》で新之助が聞いた。

「神守様は四郎兵衛様が殺されたことを承知よ。南町の桑平の旦那と身代わりの左吉さんがそれぞれ京にいる神守様に文で知らせたの」

「いつのことだ。ふたりが文を発したのはよ」

「ひと月も前と聞いたわ」

「となると江戸に戻っていても不思議じゃないな」

と新之助が一筋の光明を見つけたという顔で澄乃に問い直した。

「ところがだれに尋ねても神守様に会った人がいないの。京でも厄介ごとが起こって神守様が頼りにされているようだから、すぐに動けないのかもしれないわ」

「澄乃さんよ、おれの知る神守幹次郎様ならば、七代目が荒海屋の一味にとっ捕まって殺されたと知らされたら、その場からでも東海道《とうかいどう》を走り下ってくるぜ、そんなお方と思わないか」

新之助の言葉に澄乃は頷いた。

「会所にも桑平様にも左吉さんにも、なんの連絡《つなぎ》もない。汀女先生も神守様に会ってないのよ。面番所の村崎同心も無役に落とされて長年勤めた吉原から今日付けで追い出される命を受けたんですって」

「村崎同心がどうなっても自業自得だぜ、役立たずだもの」

「違うわ、新之助さん。あの方は吉原会所に都合のいい隠密廻り同心だったのよ。

上様の近習の御側御用取次の朝比奈様が自分たちの言いなりの町奉行所同心に代えて、吉原会所を面番所の直《じか》の支配下に入れるのよ」

「おれたち、どうなる」

「分からない」

とふたりが言い合って顔を見合わせた。


澄乃が吉原会所に戻ったとき、すでに芳野楼の主の早右衛門の骸は菩提寺に運ばれていた。そして、小頭の長吉らが、

「澄乃よ、吉原会所は町奉行所の直接の支配下に入ってよ、おれたちは今日明日にも首だとよ」

と憮然とした表情で言い放った。予測されたことだった。

「仮頭取の四郎左衛門様が了解されたの」

「了解もなにも町奉行直々の命に逆《さか》らえるか。いま、四郎左衛門様や町名主と番方が奥で相談していなさる」

と言った。

澄乃には応じる言葉がなかった。土間の隅《すみ》にいる老犬の遠助の傍《そば》に寄ると、

「遠助、どうしよう」

と尋ねていた。

翌日、吉原会所を面番所に引き渡すことになった、と一同を集め四郎左衛門が告げた。だが、小頭の長吉以下、若い衆はなにも言葉が出なかった。

第二章　麻の迷い

一

加門麻は独り京に残されていた。

神守幹次郎が不意に文を残して江戸に発っていった。文には、吉原会所の七代目四郎兵衛が拉致されたうえに殺されて骸が大門に吊るされていたと認《したた》めてあった。

悲劇を告げる二通の書状は、南町奉行所定町廻り同心の桑平市松と身代わりの左吉からであった。

吉原会所の大混乱と動揺が麻にも予測された。

会所の人間ではないふたりから大事を知らせる書状が届いたことから、四郎兵衛の死によって会所が機能していないことも推測された。

神守幹次郎は、吉原会所の「裏同心」なる曖昧な身分のままに、長年四郎兵衛の右腕として吉原を支えてきた。

幹次郎は会所の番方仙右衛門らと協力し合い、ときに予測もつかぬ荒業を発揮して廓内外に起きた騒ぎを取り鎮《しず》めてきた。その背後には桑平市松と左吉の手助けがあった。そのことは幹次郎の京行に際しても大いに発揮された。むろん四郎兵衛は、幹次郎が廓の外でこのふたりと付き合い、互いに助け合っていることを承知していた。そうだとしても、四郎兵衛の死に際して急を告げてきたのが、吉原会所の人間でないことが、

「異変」

の大きさを麻に教えていた。

幹次郎はふたりからの文の内容を、清水寺《きよみずでら》の老師《ろうし》羽毛田《はけた》亮禅《りょうぜん》と祇園感神院執《しゅ》行《ぎょう》の彦田《ひこた》行良《ぎょうりょう》禰宜《ねぎ》総統《そうとう》に告げて江戸へ急遽《きゅうきょ》戻ることを相談し、そのふたりが次郎《じろう》右衛門《えもん》と麻に口頭《こうとう》で事情を告げ知らせていた。

麻には幹次郎からの文が残されていた。その文を独りになってから読んだ。

その文面には、江戸の異変は羽毛田老師と彦田執行に伝えてあるゆえ重ねての

説明はしない、自分が知る事情もそれ以上のものではない、とあった。そして、麻を京に独り残すことを詫びるとともに、祇園にてこれまでどおり修業を粛々《しゅくしゅく》と続けてほしい、江戸の始末を終えたら、必ずや神守幹次郎自らが麻を迎えに京に戻ってくると認めてあった。そして、神守幹次郎が江戸に出立したことを江戸のだれにも知らせないでほしい、四郎兵衛の死の経緯を自身が把握したところで、どう対応を為すか判断したいとあった。また、

「四郎兵衛様の死によって、われらの行く末にも大きな変化が生じると思われ候。われらふたりが京に来た目的を達せられぬかもしれぬ。だが、われらは身内であることを忘れないでくれ。どのような行動をするにしても、われら身内三人、今後行動をともにするべく候」

とあった。

あの衝撃の知らせから半月が過ぎようとしていた。だが、江戸からはなんの知らせもなかった。

幹次郎の文を読んだあと、麻は一力茶屋の次郎右衛門と水木《みずき》夫婦に改めて修業継続を願ったうえで、幹次郎の文の内容を手短に伝え、無断で江戸に向かった幹次郎の所業を詫びた。

その折り、次郎右衛門は、

「吉原会所の重鎮《じゅうちん》が殺されるやなんて、なにが江戸で起こっているんやろ。うちらに知らせたり、許しを乞う暇もなかったんや。けど、神守様は清水寺の老師と祇園感神院の執行はんに事情を告げて、うちらに曰くが伝わるようにして江戸へと向かわれたんや。なんの非礼も欠礼もおへん」

と寛容《かんよう》な気持ちを漏らした。そして、

「麻様、かようなことを言うと不謹慎やとうちは承知どす。けど、うちらは神守様が京におられてどんだけ助けられたか。祇園はえろう幸運どしたわ。あのお方ならばどのような難儀が吉原会所に降りかかっていようとも、きっと目処《めど》をつけはる。そしてな、麻はんを迎えに来られます」

と言い切った。

麻は頷いた。

一方、水木は、

「麻様、麻はんがうちの手助けをしてくれはることになんの差し障りもおへん。ともかく江戸の事情がはっきりするまで麻様、祇園でやれることをやりなはれ。うちらが手助けできることはしますえ」

と約定してくれた。

「旦那《だん》はん、女将はん、心強いお言葉どす、おおきに」

と礼を述べた。

だが、神守幹次郎の不在は麻に言い知れぬ喪失感と不安を与えていた。

吉原会所の七代目の力量と人柄は、吉原の頂点に立った花魁薄墨こと加門麻は重々承知していた。身罷った伊勢亀《いせき》の隠居の遺言《ゆいごん》を実現させたのは神守幹次郎の才覚と妓楼の主の決断があってのことだが、その背後に吉原会所の七代目頭取がいればこそ、なし得た奇跡と言えた。吉原が大火に見舞われたときも七代目の指導力で吉原は再興されていた。

そんな七代目が殺されるなど、麻には考えもつかなかった。

幹次郎が東海道を江戸に下向していると思われる最中、麻は一力の仕事をしながら、茫然として想いに耽《ふけ》っていることがあった。はっ、と気づいて手だけは動かしているのだが、考えもなくかたちばかりということに気づかされた。そんなことが重なり、水木が麻に言った。

「麻様、神守様が気にかかりますか」

「あ、女将はん、申し訳おへん。うち、どないしたんやろ。頭がからっぽになっ

たようで、虚《うつ》ろな風が吹いておりますんや。気をつけますよってお許しくださ
い」
と麻は詫びた。

その数日後のことだ。

馴染の客が芸妓《げいこ》と舞妓《まいこ》、囃子方《はやしかた》を呼んで遊んでいる座敷に、麻も水木といっし
よに挨拶に出た。

「女将はん、ええ跡継ぎができたんと違うか」

と常連の旦那が水木に話しかけた。

「麻のことどすか、江戸からの預かり人でおます。いずれ江戸に戻りはります」

「江戸て、吉原のことやな」

「よう承知どすがな」

「ほなら、無理聞いてくれへんか」

「なんだっしゃろ、壱月屋《いちがつや》の旦那《だん》はん」

水木が馴染客の名を呼んで尋ねた。

「噂に聞いたんや、麻はんが琴を弾《ひ》きはるってな。どや、芸妓となら、江戸と京の

芸くらべはできへんか」

と言い出した。

壱月屋は四条《しじょう》の小間物問屋で旦那の佐治郎《さじろう》は遊び人として知られていることを麻も承知していた。水木が困った顔で、

「旦那はん、麻は素人《しろうと》どすがな、芸妓の夕月《ゆうづき》はんと地方《じかた》の玉水《たまみ》はんと芸くらべやなんて無茶どすわ」

「ほかの座敷で弾けて、うちの座敷ではできへんのんか」

と佐治郎が粘った。

「壱月屋の旦那はん、無理言わんといて。麻はんが困ってはるがな」

と座敷に呼ばれていた地方の玉水が助け舟を出した。

玉水は祇園の地方の中でも芸達者として知られていた。祇園では舞妓の折り、立方《たちかた》と地方にそれぞれ分かれて修業する。立方とは舞踊を専門にし、白塗りの顔で裾《すそ》の長い衣装をまとう。地方は、唄《うた》や三味線《しやみせん》などを演奏し、顔も白塗りにはしない。高い技量がいるために舞妓芸妓から「おねえはん」と呼ばれ、研鑽《けんさん》を積んでいる者が多い。

「玉水、余計なこと言わんとけ。江戸で太夫を務めた女子《おなご》が座敷で芸を披露《ひろう》して

なにが悪いんや」

この座敷に呼ばれていた芸妓の夕月と麻の視線が交わった。芸妓になって五年の夕月は京舞《きょうまい》の名手として知られていた。

ふたりは眼で話を交わした。

「麻はん、うちの独り舞に付《つ》き合《お》うておくれやす」

と夕月が願っていた。馴染客の頼みを断るわけにはいかない、と同時に麻の立場も考えてこう願ったのだ。

「素人芸ですよって、隣座敷から邪魔に入ってようございますか」

と麻が願い、頷いた夕月がすっと舞台に立った。

麻も下がり、隣座敷との襖《ふすま》がわずかに開かれた。

間を計っていた玉水の三味線がつま弾かれ、夕月の裾に隠れた足が、
トーン
と舞台の床《ゆか》を叩いた。

三味線に隣座敷から嫋々《じようじよう》とした調べの琴の音《ね》が加わった。

独り舞の夕月を玉水の唄と三味線がひっぱり、琴の調べが加わると、遊び人壱月屋の佐治郎ら馴染客を一瞬にして黙らせた。

その場にある人々は三人の咄嗟《とっさ》の芸に魅入《みい》られていた。

玉水の三味線が夕月の独り舞に合わせて奏され、わずかに襖が開けられた隣座敷の麻の琴が三味線にからみ、渋い声の唄が京舞を引き立てた。ふたたび緩《ゆる》やかな調子に三味線が戻り、夕月の舞が三味線と琴、二つの調べに溶け込んで余韻を残して終わった。


座敷が終わり、壱月屋の佐治郎ら客が帰ったあと、その場に玉水と夕月がなぜか残っていた。

水木は客を見送りに出ていた。

襖の向こうから麻が姿を見せた。

「玉水様、夕月様、素人芸に合わせて頂き、加門麻、恐縮至極にございます」

とふたりに江戸言葉で詫びた。

「麻はん、あんたはんのお琴は決して素人芸やおへん。なあ、おねえはん」

と玉水に夕月が問いかけた。

「夕月はん、わさわざ言わんでよろし。芸事を極めたお方はどんなときでも遊び人の客を黙らせる芸を持ってはる」

と玉水が言い切った。

そこへ水木が戻ってきて、三人の表情を見た。

「女将はん、うち、初めて独り舞をちゃんと踊らせてもらいました。玉水ねえはんと麻はんの調べがうちの力以上のもんを引き出してくれましたんや」

「そう思いはるか、夕月はん」

「へえ、間違いおへん」

水木の眼差しが玉水に向けられた。

「うちが言うことはおへん。女将はんもうちらの三味と琴の調べを聞きましたやろ。うち、幾たびも夕月はんと独り舞をさせてもろてきましたがな、今宵のような独り舞は初めてや。ちゅうことは麻はんの琴の調べが加わったからや」

「そやそや」

と夕月が笑顔で賛意を示し、

「女将はん、うちらが一力はんに招かれた折りに、見巧者《みごうしゃ》のお客はんのときだけな、麻はんに加わってもらわれへんやろか」

と願った。

「どや、麻はん」

と水木が麻に質した。

その瞬間、麻は水木がこのところ鬱々としている麻の元気を取り戻そうと、最前のような独り舞を夕月と玉水に、そして、壱月屋の佐治郎に願って企てたのではないかと思いついた。

「女将はん、うちの琴でよければいつなりとも」

と受けた。すると夕月の独り舞に加われなかった若い舞妓ふたりが、

「うちも麻はんのお琴で踊りたいわ」

「そやそや、うちも玉水おねえはんの唄と三味線と、麻はんの琴の調べでな、いかんやろうか」

と問答に加わり、玉水から、

「あんたら、麻はんの琴の調べをよう知らんやろ、芸事はな、人柄がにじみ出るんやで。あんたら、まず人柄を磨《みが》きなはれ、五年、早いわ」

と叱《しか》られた。

麻は地方の玉水と立方の夕月が一力の馴染に呼ばれる折り、隣座敷から琴の演奏でふたりに加わった。そんな試みが評判を呼び、二日に一度は琴を奏すること

になり、一力の名物になろうとしていた。

　水木は神守幹次郎が江戸へ戻ったことで元気をなくした加門麻に張りを持たせるために芸達者のふたりの芸妓の伴奏を企てたのだろう。その思惑《おもわく》どおりに琴は麻の生きがいになり、さらには地方の助っ人として一力の評判を高めたことで琴に触る時が増えた。また、舞妓のおことに琴を教えており、幹次郎がいた折りよりも琴に触れる機会が多くなっていた。

　水木は麻が元気になったことを素直に喜んだ。

　神守幹次郎が京から姿を消して二月近くが過ぎたころ、江戸の汀女から飛脚で文が一力に届いた。むろん加門麻に宛てた文であった。

　ひさしぶりの汀女からの文だ。当然、幹次郎の近況に触れてあると思い、麻は急ぎ文を披《ひら》いて驚いた。

　汀女の文は、麻の京での過ごし方を気にかけていると認めたあと、

「加門麻様、吉原会所は模様替えと称した新たな人材の面番所の管轄下に入り、仮頭取を務めていた三浦屋の四郎左衛門様は辞職を強いられ、ただ今では四郎左衛門様は三浦屋の主として本業の務めに戻られました。

　また番方の仙右衛門さん以下若い衆は官許の遊里吉原から放逐《ほうちく》されて、船宿牡

丹屋の奉公人としてひっそりと屋根船や猪牙舟の手入れなど下働きをしております。

私自身も吉原にて遊女衆に手習い塾をなすことを遠慮して、浅草並木町の料理茶屋山口巴屋にて玉藻様の代わりを務めております。

かように官許色里の吉原はがらりと変わり、そのせいか客が少なかったところにさらに馴染客が減ったように思えます。その代わり、武家方の客が増えたそうな。むろん公儀の重臣方や大名家の留守居役《るすいやく》など無粋《ぶすい》な武家ばかりが増えたと聞いております」

と吉原の模様を認めてきた。

麻は、麻の知る吉原がすっかり消えたことを悟った。それにしても汀女は、なぜ幹次郎の江戸帰府に触れないのか訝《いぶか》しく思った。

「麻様、南町奉行所の同心桑平市松様と身代わりの左吉さんが京に逗留《とうりゅう》中の幹どのに吉原会所の七代目頭取四郎兵衛様の非業の死を文にて告げたことを私は承知しております。私は幹どのや麻がこの知らせに接していかばかり驚愕したか、想像するに胸が痛みます。

幹どのは、どうこの四郎兵衛様の死を受け止められたのでしょう。苦悩を抱きつつ、麻とともに京逗留を続けておられることを汀女はどのように思えばよいのか、自分らのことながらお互い不憫《ふびん》でしかたございません。ただ吉原の急激な変わり様を廓の外から見ているばかりです」

麻は仰天《ぎょうてん》した。

幹次郎は江戸に戻っていないのであろうか。清水寺の老師と祇園感神院の執行おふたりの忠言《ちゅうげん》を受けて急遽江戸に戻ったはずの幹次郎になにが起こったのであろうか。

「麻、そなた方ふたりが話し合い、四郎兵衛様との約定《やくじょう》どおり、京での修業を続けたのち、『謹慎』の解ける江戸に戻ってくることを決意したのでしょうか。幹どののことです、ただ今の吉原の急激な模様替えがうまくはいかぬと考えて、京逗留を続けておられるのでしょうね。

江戸にあってただただあれこれと無益な想像を巡らせております。

麻様、幹どのには別便にて祇園感神院気付《きづけ》にて書状を出しております。ふたりが京逗留を当初の約定どおり続けるというのならば、きっと悩んだ末の決断と考え、この汀女はふたりが元気に柘榴の家に戻ってくるのを待っております」

麻は汀女の文を読んで茫然自失した。

（幹どのはどこにいるのか）

幾たびも読み返した文を手に次郎右衛門のいる帳場に行き、汀女からの文を黙って差し出した。水木は麻の表情を見て、

「なにが起こったんや」

と呟いた。次郎右衛門が麻宛ての文を黙読し始めたが、

「なんやて、神守幹次郎様、どこへ行きはったんや」

と叫んで、最後まで文を読み、麻と同じように二度三度と読み返した。

「どないしたんや、だれからの文なんや」

「女将はん、姉の汀女からの文どす」

「神守様のご新造はんやな。それがどうしたんや」

「水木、神守様は江戸に帰ってないんやて。汀女様は未だ京に神守様がいると思うておられるがな」

次郎右衛門が漏らした。

「はあー、そんなあほな話があるかいな。二月近《ちこ》う前にうちらに挨拶もしいひんと京から江戸に向かわれたんやないか」

「水木、この文面を読むと公儀の支配下にある吉原ががらりと模様替えさせられ

て、四郎兵衛様の殺された吉原会所はもはやなくなったそうや」

「どないになっとるんどす」

「江戸の一日千両は稼ぐ官許の色里を公儀のどなたはんかが、手中に収めたというこっちゃ。花街や色町が役人はんの手に負えんのは、昔から分かっとるがな。七代目頭取の四郎兵衛様を殺してまで奪い取ってもや、長続きしいひんで」

「おまえはん、吉原はとりあえずとして、神守幹次郎様はどないしはったんや」

と水木が話を戻した。

「麻様、あんたは義兄《ぎけい》はんがどないしたと思われますな」

「なんも考えられしまへん。義兄上《あにうえ》が心を許した友から届いた書状で四郎兵衛様の非業の死を知り、清水寺の老師と祇園感神院の執行はんに事情を告げて、うちらに別れの言葉も言わんと東海道を下りはりました。二月弱は、義兄上の足ならば京と江戸を、二、三度往来できる日にちどす」

「それはうちらも承知のことや。なにが起こったんやろ」

と水木が繰り返した。

しばし沈黙していた次郎右衛門が、

「麻様、祇園感神院の彦田執行と清水寺の羽毛田老師にこの文を見せて、考えを聞いたらどうや」

「そや、ふたりのところには神守様から文が届いてるかもしれへんわ」

と水木が言い、加門麻は、

「はい、そないさせてもらいます」

と文を手に立ち上がった。

二

麻は清水寺を訪ねて羽毛田亮禅老師にまず面会して、神守幹次郎から書状が届いているかどうか尋ねた。

「神守様から書状がこの年寄りに届いたかと訊《き》きはるんか。なんも届いてまへん。おそらく吉原の立て直しで必死なんと違うか。麻様のとこにも文が届いてへんか」

との返答を聞いた麻は汀女からの文を老師に差し出した。

「どなたはんの文や、女文字やな」

「神守汀女、幹次郎の女房にございます」

「なに、神守様のご新造はんの文を読めと言わはりますんか」

と質した老師に麻が頷いた。

文を披いて読み始めた老師の顔色が変わった。が、なにも言わず最後まで一語一語吟味するように読み通した。そして、麻の顔を正視した。

「なにが起こったんやろ。神守幹次郎様、吉原会所の騒ぎに間に合わんかったんやろか。それにしてもご新造の汀女はんにも会わんとどないしておられるんやろ」

ここでも一力で行われたと同じ無益な問答が繰り返された。

「うちのとこに文が届いてへんということはや、祇園感神院の執行はんのとこにも届いてへんのと違いますか。どや、無駄は承知で会《お》うてみいへんか」

と老師が言い、麻が頷いて清水寺から祇園社に下った。

ふたりの訪いに彦田執行も訝しい顔で経緯を聞いた。しばらく無言でふたりの説明を聞いた彦田行良が、

「うちのとこにもなんの連絡もおへん。なにが起こっているんやろ」

と独白するように言った。そして、

「神輿蔵の座敷はな、神守様が出ていった折りのまんまや。念のため確かめてみいへんか、羽毛田はん、麻様」

との提案にふたりは従った。

麻も初めて入った座敷は、夜具などがきちんと整理されたままで、幹次郎の帰りを待っているように思えた。

「神守様が出ていったときのまんまやと思うわ。麻様、神守様はもう二度と京に帰って来いへん心算やろか」

と質した。

「彦田様、うちに残した文には、江戸の始末が終わったら加門麻、うちを迎えに必ず神守幹次郎自らが戻ってくる。その折り、京の世話になった方々にも挨拶する心算やと書き残しておりました。そやのに江戸に義兄《あに》は戻っておりません。私どもが承知の吉原会所は、姉の文によれば、すでに跡形もなく消えてないそうです」

と呟くしかなかった。

「なにが起こったんやろか。もしや京からの道中、神守様の江戸下向を阻止しようとした輩が待ち受けていたんやないやろか」

と彦田執行が自問した。

「彦田はん、神守様に文で吉原の難儀を知らせてきたんは、心を許した友やったな。そのお方らの文を京で受け取った神守様は、麻様にも言わんとうちらの承諾だけを聞いて出立しましたがな。吉原を乗っ取ろうとする連中もいくらなんでも神守様の素早い動きに対応したとは思えまへん。また神守様を東海道のどこぞで待ち受けていたとしても、うまいこと出会いますやろか。よしんば道中でなにかあろうと、あの神守様のことや、切り抜けてはるやろ」

と羽毛田老師が推測を述べ、

「神守様は必ず江戸に戻ってはる。そんでな、なんぞ企てがあってな、相手方の動きを見てはるんやと違いますやろか、うちはそう思いますわ」

と言い添えた。

「けど、こんだけ案じてはるご新造はんにもお仲間にも江戸に戻ったことを知らせんと、どないしてはるんや」

と彦田執行が麻を見た。

「私も義兄は江戸に戻っておるような気がします。けど、なぜ姉に告げぬのかわかりません。もはや私どもの知る吉原は消えたゆえ、さすがの幹どの、いえ義兄も、手の打ちようがないのと違いますやろか」

と麻が答えた。だが、ふたりにはなにも応じる言葉はなかった。

長い沈黙のあと、羽毛田老師が言った。

「麻様、うちらにできることは神守幹次郎様の言動を信じることや。麻様に必ず京に戻って、あんたはんを迎えに来ると約束した言葉に従ってな、麻様は京で修業を続けることや、そうと違うか」

「老師、お言葉肝《きも》に銘《めい》じて、修業を続けます」

と麻は応じながらひとつだけ浮かんだ行いを幹次郎に代わって務めようと思った。


吉原会所の女裏同心は引手茶屋山口巴屋の女衆として吉原に残り、水道尻の火の番小屋の新之助も番太として廓内に残ることを許された。

荒海屋金左衛門に、片足の悪い新之助が、

「荒海屋の旦那よ、吉原に火の番小屋は要るよな、おれは吉原会所とは関わりねえしよ、突然番太なんて見つからないぜ」

と乞うと、

「おめが吉原会所と親しいのを知らねえとでも思うとるかや」

と金左衛門が言い放った。

「おお、そりゃよ、廓内で会所の言うことを聞かなきゃあ、番太にもなれなかったからよ、なんでも言いなりになっていたんだよ。となりゃ、廓の事情を少しでも承知の人間がいたほうがいいんじゃねえか」

という新之助の言葉を吟味していた金左衛門が、

「新之助、勘違いしてねえかさ。町奉行所の役人なんぞはただの飾りだっちゃ。新之助、こんどの吉原会所は、わしが頭取だすけん、面番所の役人どもを動かすのさ」

「なに、八代目の頭取は荒海屋金左衛門様か」

「おお、そういうこっちゃ」

「となりゃ、いよいよ廓内のことを知らねえ面々ばかりじゃないか。荒海屋の旦那よ、おまえさんが最初に廓内で声をかけたのはこのおれだな。扱いやすいと高を括ってのことだろうが。まあ、そんなことはどうでもいいや。おれを番太として残せば、おまえさんの役に立つと思うがな」

新之助の長広舌《ちょうこうぜつ》をしばし考えていた金左衛門が、

「ええっちゃ。けも、少しでも妙な真似をすると、おめえの首はねえぜ。わしの手下はこたびの吉原乗っ取りにあたり、腕利きにして無情の面々を選んである」

「ああ、いいともよ。おれを残してくれれば、役立つぜ。なにしろ、荒海屋の面々は五丁町《ごちょうまち》の表通りが吉原と思っているだろうが。その裏ではな、蜘蛛道がうねうねと延びてやがる、こいつを知らないかぎり吉原で会所の仕事はできねえよ」

「なんだ、蜘蛛道ってのは」

「迷路のことよ。ここが表の五丁町の商いを支えているんだよ」

「おめは、全部承知かさ」

うーむ、と唸《うな》った新之助が、

「廓内ならどこでも承知と言いたいが、おれだけじゃ半人前だな」

「役に立たないじゃないか」

「もうひとり廓内に残してくれれば、役立つぜ」

「吉原会所の野郎どもはすでに大門の外に放り出した。そいつらを呼び戻すなんてできないぜ」

「いや、新入りの女衆がいるのを覚えてないか、荒海屋の旦那よ」

「まさか女裏同心の嶋村《しまむら》澄乃じゃないだろうな」

「さすがは八代目の頭取だな。おお、澄乃は蜘蛛道はもちろん、遊女や妓楼を支える吉原の住人と知り合いだ」

「女の澄乃をわしの配下になんぞできっこねえ」

「そこよ。引手茶屋の山口巴屋の女衆にしておきねえな」

「七軒茶屋の中でも最後に手を下そうとしているのが山口巴屋だぞ」

「ああ、おまえさん方が責め殺した七代目の持ち物だな。澄乃をあそこに奉公させていれば、あれこれと内情が分かろうというもんじゃないか」

「新之助、女についちゃ、芳野楼にいた紗世がうるさくてな」

「紗世は、俵屋の女将だそうだな」

「承知かさ」

「公方様の懐刀《ふところがたな》の御側御用取次の情婦だってな、さすがの荒海屋の旦那も逆らえねえか」

「朝比奈様と紗世は長年の腐《くさ》れ縁らすけん、なんともな」

と金左衛門が苦々しい顔で言い放った。

「荒海屋の旦那、金は出しても紗世の言いなりか。おお、先代の頭取を責め殺したのは、おまえさんか、それとも紗世か」

「ありゃ、紗世の仕事だっちゃ。大事なことを吐かせようとしたけも、四郎兵衛が吐かねえらし、勢い余って殺しやがった。あれには参ったたっちゃ」

金左衛門が言い放った。

新之助は本音だなと思った。

「大事なことってなんだい」

「新之助、調子に乗ったらだちかん。おめみたいな半端《はんぱ》野郎に教えられるかさ」

「四郎兵衛様は大事なことを喋らなかったから、責め殺されたってわけか。女を甘くみちゃいけねえな」

新之助は少なくとも四郎兵衛を殺した人間がはっきりしたと思った。

「最前の澄乃の話やけも、引手茶屋の山口巴屋に奉公させておくとよ、あれこれと事情が耳に入る寸法やけも。やっぱり紗世が怖《こえ》えらし、ダメかのう」

金左衛門が迷った顔で煙管に手をかけ、不意に顔を上げた。

「神守幹次郎はどこにいるか承知かさ」

「謹慎中の神守の旦那か。なんでも禅寺でよ、時の来るのを待っているそうだぜ」

「時が来るとはどういうことだ」

金左衛門が詰問《きつもん》した。

「さあてな、そいつを承知なのは、おまえさんらが責め殺した四郎兵衛様と神守の旦那のふたりだな」

「寺だと、嘘っぱちだな」

と金左衛門がなにか確かな証を持っているのか言い切った。

新之助は、ここで金左衛門の信用を得るためにも真のことを告げるべきではないかと迷った。もはや七代目四郎兵衛はすでに亡く、神守幹次郎が江戸にいないこともはっきりしていた。

「ああ、嘘っぱちだ。神守幹次郎の旦那と加門麻のふたりは、京の花街にいて、時が来るのを待っているんだよ」

と澄乃から聞いた話をした。

「おい、京だと、花街だと。真の話か」

金左衛門の反応には驚きがあった。

「ああ、確かだ。だがよ、四郎兵衛様がおまえさんらに殺されたことは未だ神守の旦那は知らねえはずだ。なにしろ謹慎の期限は一年だからな」

「薄墨とふたりして京の花街だと」

金左衛門は幾たびも問うた。

「おまえさんら、神守の旦那が戻る前に吉原の新しい会所を造り上げてねえと厄介になるぜ。あのお方の腕前は荒海屋の旦那も承知だな」

憮然とした顔で思わず金左衛門が頷いた。

「いいかえ、旦那、四郎兵衛の旦那を責め殺したのは紗世ということは間違いないな。おまえさんだとしたら、神守の旦那は必ず仇《かたき》を討つからな」

「おれじゃねえ、紗世の手だ」

「となれば、おれと澄乃を廓に残しておきねえ。神守の旦那が京から戻ってくる折りは、必ずおれか、澄乃の耳に入るからな」

と新之助が言い切り、澄乃が引手茶屋山口巴屋に奉公することがなんとなく決まった。

汀女が大門を潜らなくなって玉藻が信頼する女衆がいなくなった。そこで澄乃は赤子を育てる玉藻の手伝いをしながら、俵屋に本陣を置いた荒海屋金左衛門と紗世が力と金に飽かして一軒また一軒と引手茶屋や老舗の妓楼を遊女ごと強引に買い叩いて自分たちの持ち物にする様子を見ていた。

今や廓内の主な大籬や引手茶屋はほとんど荒海屋と紗世の支配下に落ちていた。

むろんその背後に家斉の御側御用取次朝比奈義稙の存在があってのことだ。だが、さすがに朝比奈は模様替え、

「吉原の改革」

の前面に立つことはなく金左衛門と紗世に任せていた。

旧吉原会所には南北町奉行所の与力同心によって新しく編成された南北合同の役人団が控えていて、俵屋にいる金左衛門と紗世の命どおりに動いていた。

彼らの触手を逃れたのは、もはや妓楼の老舗京町一丁目の三浦屋や引手茶屋の山口巴屋など、これまで吉原を主導してきた大籬、老舗の引手茶屋が残るのみになっていた。

この日、澄乃は老犬遠助を伴い、蜘蛛道を使って「見廻り」に出た。荒海屋と紗世一味は、未だ迷路のような蜘蛛道を承知していなかった。そこで澄乃は引手茶屋山口巴屋に犬小屋を移した遠助を連れて浄念河岸《じょうねんがし》を南に向かった。

さすがに荒海屋と紗世一味は、ふきだまりの局見世に手をつけていなかった。一味は客の遊び代が一ト切《ひときり》（十分）百文《もん》ぽっちの、吉原では最下級の局見世は後まわしにして、大籬や常連の上客を持った引手茶屋を支配下に置くことを優先し

ていた。

「会所の女裏同心さんよ、老犬の遠助と見廻りかえ」

「おきち姐《ねえ》さん、私は吉原会所を追い出された女子ですよ。見廻りしたところで、なんの役にも立ちますまい」

浄念河岸の古手《ふるて》の年増女郎《としまじょろう》のおきちのところに仲間たちが集まってきて、

「澄乃さんよ、四郎兵衛様があやつらにいびり殺されたって噂が流れているが、真の話かね。まさかそんな話はないよな」

澄乃はしばし思案して、

「姐さん方、私の話は噂話として聞いてくれませんか。聞いたあとは忘れてほしゅうございます」

状況が急激に変わったのだ。ある程度は真実を告げるべきかと澄乃は思った。

局見世の女郎は吉原でも最下層であるだけに、表の五丁町の面々から無視された存在だった。

澄乃は幹次郎から、かような局見世女郎を大事にすることを学んだのだ。吉原の五丁町から局見世に落ちてきた女郎たちは、過酷な歳月に強《したた》かな生き方と世の見方をしていることを澄乃自身も教えられていた。

「つまりさ、廓内に流れる噂が、真実というのかえ」

澄乃は悲し気な顔で頷いた。

「なんと七代目が芳野楼の遣手だった紗世と佐渡の山師というふたり組にしてやられたというのかえ」

澄乃はこくりと頷いて、番方以下の吉原会所の男衆は大門の外に放り出されて、ただ今では山谷堀《さんやぼり》の船宿で猪牙舟の手入れなんぞをしている事実などを告げた。

「なんてこったい。半籬の遣手と山師にあの吉原会所の七代目が殺されて、番方以下の面々は猪牙の垢落《あか》としかえ。どうしたらそんな話になるんだい」

と別の局見世女郎が澄乃に質した。

「ふたりの背後に公儀のお偉いさんが控えておられるのですよ。私は山口巴屋で下働きの女衆としてなんとか廓に残ることができました」

「呆れて言葉もないよ。局見世の女郎から三浦屋の女衆になった初音《はつね》姐さん、ただ今はおいつさんと本名に戻ったね、どうしているよ。三浦屋だって危ないって話だよ」

「またうちらのところに舞い戻ってくるのかね」

局見世の女郎衆の話は止まらなかった。他人の不幸がなにより好物の局見世の女郎衆でもあった。

澄乃は黙って聞いているしかなかった。こんな噂話に反撃のきっかけになるなにかがあるといいのに、と一縷《いちる》の望みを託していた。

「吉原会所のしくじりはさ、あの神守幹次郎様に謹慎を命じて廓の外に放り出したことから始まってないかい。初音姐さんを三浦屋の女衆にしたのも神守の旦那なら、大籬の三浦屋の新造をこの局見世に落としてさ、また三浦屋に戻すなんて荒業をしのけたのも、あの神守の旦那だよ。あの旦那を呼び戻したらどうだい、澄乃さんよ」

「一年間の謹慎が解けていない以上、この吉原には戻ってこられません。それにかつて神守様が活躍した吉原会所には、顔も知らない町奉行所の役人がのさばっています」

「汀女先生も大門を潜れないってね」

「そんなことより、やはり神守の旦那しかこの急場をしのげる御仁はいないよ。一体全体神守様はどこにいるんだい」

おきちが話を神守幹次郎の存在に戻した。

「私も知りません」

「わたしゃね、馴染の客から江戸にはいないと聞いたよ」

「江戸にいないって、どこをほっつき歩いているんだよ」

澄乃はただ首を横に振って知らないと否定した。

「澄乃さんよ、引手茶屋の山口巴屋だって、あやつらが乗っ取るって聞いたけどね、おまえさん、そんときはどうするね」

「なんにも考えられません。私と遠助は、働ける場があればなんとか食いつないでいきます。姐さん方も頑張ってくださいな」

「とはいえ、客が姿を見せないいんじゃや、なんとも致し方ないよ」

というおきちの諦めの言葉を聞いた澄乃は開運稲荷のほうへと歩いていった。

その後ろを遠助がとぼとぼと従ってきた。


開運稲荷の小さな社《やしろ》の前に立ち、澄乃はなにがしかの賽銭《さいせん》を入れて、拝礼《はいれい》した。そのとき、背後に人の気配がした。遠助が小さな声で吠えて警告を発した。

澄乃が用心しながら振り向くと、見知らぬ若い男が立っていた。一瞬、荒海屋と紗世の一味かと考えた。だが、澄乃の知らない顔だった。

「澄乃さんだな」

「はい。嶋村澄乃です」

「それに遠助か」

「ようご存じですね。俵屋のお仲間ですか」

「そう見えるかい。おまえさんなら、あやつらの顔をすべて承知だろうが」

「そう思っていました」

「おれは素見《ひやかし》よ。澄乃さんよ、最後まで諦めちゃならねえぜ」

と言った男が開運稲荷の前から、すっ、と姿を消した。

澄乃はだれだろうと男の背を追った。そして、ふと男が立っていた小さな鳥居に、ぺたりと小さな千社札《せんじゃふだ》のようなものが留めてあるのに気づいた。

「蘇《そ》民《みん》将来《しょうらいの》子《し》孫《そん》也《なり》」

澄乃には全くなんのことやら理解のつかない七文字だった。

三

火の番小屋を訪ねると新之助が無聊《ぶりょう》をかこったか、框に腰を下ろしていた。この前まであった吹き矢の的《まと》も消えて、明らかに暇を持て余していた。

「新之助さん、この文字がなにか分かる」

と最前の札を見せた。

「澄乃さんよ、おめえさんは浪人とはいえ武士の娘だろうが。奥山の芸人だったおれに字を読めだと、お門違《かどちが》いも甚《はなは》だしいな。千社札か」

新之助が澄乃と同じ程度の無知を披露した。

「こんなもん、どこで見つけたよ」

「それなのよ」

と前置きした澄乃が初めて会った男の話をした。

「俵屋一派の野郎じゃないのか」

「私も最初はそう思ったけど違うと思うわ」

ふーん、と鼻で返事をした新之助が、

「そいつが千社札を澄乃さんに渡したのか」

「違うわよ、鳥居に留めてあったの。昨日まではこんなものなかったことは確かよ」

「ならばそいつが澄乃さんにくれたわけじゃないんだな」

「最前も言ったわね、その人が立ち去ったあとにあったの。妙と思わない」

「まず俵屋の仲間とは違うわね。だって、私によ、『最後まで諦めちゃならねえぜ』って言い残して私の前からいなくなったのよ」

「おれたちの仲間だと思わせようとしたんじゃないか」

「私だって、吉原会所の女裏同心だった女よ。見る眼は持っていると思わない。あの人はやくざ者じゃないし、どことなくだけど、長年お店《たな》で奉公していた人のように思えたわ。『おれは』なんて言ったけど、私に身分を悟られないように、『おれ』なんて、わざと使った感じがする」

「おりゃ、見てねえからなんとも言えないな。もしこの千社札がそやつの残したものならば、だれに聞いたら、分かるかしら」

「三浦屋の四郎左衛門様に聞いたら、こいつがなんだか分かるかな」

「旦那はいま元気がないと聞いたぜ。そんな些事《さじ》に関わる暇はないと怒鳴《どな》られるんじゃないか」

「ああ、そうだわ。汀女先生に聞くのがいちばんよ」

「おお、それだ」

と新之助も手を打ち、

「今晩にでも柘榴の家を訪ねてみるわ。ここんとこ引手茶屋で寝泊まりしていたでしょ。地蔵や黒介《くろすけ》に会いたいもの」

と澄乃は言い、その足で三浦屋を訪ねた。

台所でおいつと遣手のおかねが茶を喫していた。いつもの元気がない。それはそうだろう。旧吉原の頃から京の花街に倣い、知多者と呼ばれる代々の旦那衆が営んできた官許の遊里が、公儀の成り上がり者によって乗っ取られた。遊里の商いがどんなものか知らない面々が力と金に飽かせて、「吉原の改革」とやらを進めているのだ。

「あら、おかねさんとおいつさん、なにか元気がないわね」

「澄乃さんかえ、元気を出せったって、どうすればいいのさ」

おいつが煙管を手にして問い返した。

「四郎左衛門様はどんな風なの」

「暗い顔をしておられるが、引手茶屋や妓楼が一日に何軒も乗っ取られていくんだよ。こう急では、どうにもこうにも手が打てないよね」

「お客さんの入りはどう」

「うちは常連の上客に支えられてきたんだ。さしあたって、お馴染さんは引手茶屋から送られてくるけどね、その後、二度と登楼されないよ。俵屋の連中が嫌がらせをしてのことだと、狙いはつけているがね」

おかねが腹立たしいという顔で言い放った。

「このままだと、師走を待たずして客が絶えるね。となると三浦屋は店仕舞いだよ」

「おかねさん、高尾《たかお》太夫はどうしなさるお心算《こころづもり》でしょうか」

と澄乃が問うた。当代の高尾には、桜季と涼夏が従っていた。

「高尾太夫には未だ落籍《らくせき》したいという常連がおられるわ。買い叩かれて大門の外に出るんじゃないかね」

とおいつが言った。

「そのことを俵屋の紗世が許すかね。あの遣手だった女は、吉原の表も裏も酸《す》いも甘いも承知だからね、上客のいる高尾を容易く落籍させるとも思えないよ」

とおかねが言い、

「おいつさん、うちらはそのうち大門の外に叩き出されるね」

と諦め顔で漏らした。

そのとき、遠助が尻尾《しっぽ》を振って桜季を迎えた。

「遠助だけだよ、私のことを喜んでくれるのは」

と新造の桜季が言い、老犬を抱いた。

「桜季さん、私のことも忘れないで」

「そう、澄乃さんは引手茶屋の下働きをしているんですってね」

「そう、吉原会所を見知らぬ顔のごろつきどもが占拠《せんきょ》しているのよ。顔なんて出したくないもの。こうして見廻りをしているの。といっても昔のように吉原会所の見廻りじゃない。知り合いを訪ねて暇つぶしをしているだけよ」

と澄乃は自嘲した。だが、ふと気づいたように、

「桜季さん、お願いがあるわ。四郎左衛門様が独りで出かけられる折り、二階から提灯《ちょうちん》にこの折り鶴を垂らしてくれない」

「なにかの魔除《まよ》けなの」

「まあ、そんなとこね」

と澄乃が返事をしたが、おかねもおいつもなにも言わなかった。

その夜、澄乃は久しぶりに柘榴の家に戻ろうとしていた。

季節はいつしか冬を迎えて、浅草田圃には冷たい風が吹いていた。なんとなく

雪でもちらつくのではないかという寒さだった。そんな闇の中から、

「なんだよ、てめえら」

という声が聞こえてきた。

「おめえの行きつけの楼は芳野楼だな」

「おお、そうだよ、それがどうした」

「あの楼は当分店仕舞いだ。春先まで行くんじゃねえ」

提灯の灯《あか》りが点《とも》り、職人風の男を三人の男が囲んでいた。ひとりは浪人、声の主と、風で消えた提灯の灯りを点し直した男とが、やくざ風の形だった。

「おい、おりゃ、おめえらが察したように長年芳野楼の常連様だ。最前も登楼していたがそんな話は聞かなかったぜ」

と客が応じた。

「芳野楼はもう終わりだ、代替わりするんだよ」

「そんなばかな話があるか。おりゃ、あの楼のゆいって女郎と二世を誓った間柄だ。他人のてめえらに指図《さしず》される覚えはねえ」

と客が不安を隠しきれない声音で抗った。

「大工《だいく》の勇次《ゆうじ》だったな。痛い目に遭いたいか」

「なに、おれの名まで承知でなんの真似だ。いやさ、てめえら、何者だ」

「勇次、吉原は変わったんだよ。これまで吉原会所が仕切っていた吉原はおしめえだ。おめえ、ゆいって女郎を諦めな。うちの支配下に入った遊女には落籍などありえねえ。欲しければ遊び代を懐に大門を潜りやがれ」

「冗談ぬかすねえ」

と勇次が腕まくりをしてみせた。

「先生よ、殺すことはねえ、腕の一本も叩き折ってくんねえ」

「おお、畏《かしこ》まった」

と浪人者が刀の柄《つか》に手をかけた。

その瞬間、澄乃が動いた。

腰帯の下に巻きつけていた鉄輪のついた麻縄が虚空《こくう》を飛んで、提灯の灯りをふたたび消し、さらに鉄輪が浪人者の顎を叩いて、悲鳴を上げさせた。

「な、なんだ」

闇の中から声がした。

そのとき、勇次の手を取った者がいて、

「さあ、走るわよ」

と声がしていきなり浅草田圃の道を承知の澄乃が先に立って走り出した。

「おお、お、どうなってんだよ」

と勇次が叫びながらも暗闇を澄乃に導かれて、浅草寺奥山の灯りが見えた辺りでふたりは足を緩めた。

「お、おめえはいつも年寄り犬と見廻りしている吉原会所の女裏同心だな」

「もう違います。今は山口巴屋の女衆ですよ。余計なお節介をしましたかね」

「いや、強がってはみたものの、おりゃ、だめかと思ったぜ」

と大工の勇次が正直に漏らした。

「どうなってんだ、吉原はよ。官許の廓をやくざ者と浪人者が仕切ろうというのか」

「私どももどうなっているんだか、分かりません。しばらくゆいさんに近づかないほうがいいかもしれません。明日にもこの一件はゆいさんに話しておきますからね」

「た、たのまあ」

「気をつけておかえりなさいな」

と随身門まで勇次を見送り、澄乃もまた料理茶屋の山口巴屋に向かった。

料理茶屋山口巴屋は店仕舞いの刻限だが、それにしても門前は森閑《しんかん》としていた。

「澄乃か」

と門の奥から番方の声がして仙右衛門が姿を見せた。

「こちらでもなにかございましたか」

「紗世が最前まで姿を見せててよ、汀女先生に横柄《おうへい》な口調でよ、明夕刻六つ、南北町奉行ともう一方《ひとかた》、公方様の御側御用取次様の予約をなすゆえ、上等な座敷を取るようにと言い残しやがった。どうやら、三浦屋の四郎左衛門様を呼びつけて、引導をわたす気だな」

「汀女先生はどう応じられました」

「さすがに神守幹次郎様の奥方だな、平然として応対した上に、『こちらの飲食のお代はどなたがお支払いをなさるのでしょうか』と質しておられたな。芳野楼の遣手だった女と汀女先生とでは人間の格が違ってやがるぜ」

「汀女先生などと崇《あが》め奉《たてまつ》られて、思い上がってないか。公方様の御近習に金を支払わせようという魂胆《こんたん》かえ。代金が欲しきゃあ、三浦屋の四郎左衛門から取りやがれ」

紗世が汀女に言い放った。

「お言葉ですが、四郎左衛門様は公方様の御近習様から招かれたお方、お客様でございます。また、四郎左衛門様はこの場で飲み食いなどなさりますまい。うちではさようなお立場の三浦屋さんにお代の請求はできかねます」

ときっぱり断った。

「なんですって、読み書きの師匠風情が、吠え面をかくんじゃないよ」

「うちは料理を売り物にした商いをしてございます。公儀のお役人であろうとお代は支払っていただきます。もしその約定ができぬと申されるのならば、紗世さん、ご予約はお引き受けできかねます」

「ほう、おもしろいね。この店は、亡くなった四郎兵衛の持ち物だったね。引手茶屋とこの料理茶屋、両方の山口巴屋が潰れてもかまわないのかい」

と紗世が脅した。

「紗世さん、商いの場ではどのようなお方でも、品をお買い上げになったり飲み食いなされたりした場合、相応の対価を支払うのが世の習いです。公方様の御近習様であれ、無理を押し通せば、食い逃げになりましょう。まさか、さようなふるまいをなさるはずもございますまい。紗世さん、もう一度出直しておいでなされ」

「……とね、追い返してしまわれたのさ」

「さすがに汀女先生と言いとうございますが、あの紗世が黙って引き下がりましょうか」

と澄乃が案じる言葉を吐いた。

「澄乃さん、いささか無理を押し通しましたかね」

と帰り仕度の汀女が姿を見せて、ふたりに平然として声をかけた。

「汀女先生、相手はいまやなりふり構わぬ所業に及んでいます。どのような対応であっても、もはや相手方には通じますまい。四郎左衛門様にこれ以上の苦労を押しつけぬほうが却《かえ》ってよろしいのではありませぬか」

と澄乃が言い、浅草田圃であったことを告げると、

「そうか、紗世め、てめえの古巣にまで手を伸ばしやがったか。あやつら、今年内に吉原を乗っ取る心算を固めやがったな」

と仙右衛門が吐き捨てた。

「番方、汀女先生は私が送ってまいります」

「そうしてくれるか。わっしらはよ、船宿を根城《ねじろ》になんとしてもあやつらに一矢《いっし》報《むく》いたいや、その段取りをつけておく。あやつらと相討ちになっても、廓内を残したいのさ」

と言い残した仙右衛門が、料理茶屋山口巴屋の前から姿を消した。

汀女と澄乃はいつものように浅草寺の本堂に参り、柘榴の家に戻ってきた。すると門の向こうから金次の声が聞こえてきた。今晩は、金次が柘榴の家の警固方についているらしい。

汀女が戻ってきたことを察した地蔵が吠えながら飛んできた。

「おお、澄乃さんもいっしょか」

「番方と別れたばかりよ」

「ふーん、とするとおれも船宿に戻るか。女ばかりの柘榴の家にいては迷惑だろうからな」

「金次さん、遅いけど、夕餉くらい私どもと一緒に食べていらっしゃい。最前、紗世さんがうちに見えてなんとも気分が悪いわ。みんなで軽くお酒でも頂きませぬか」

と汀女が勧《すす》めた。

「ありがてえ」

と金次が柘榴の家での供応《きようおう》を喜んだ。

囲炉裏《いろり》に鉄鍋をかけた海鮮《かいせん》鍋を四人が囲んで酒を酌み交わした。

「柘榴の家はいいよな。いえね、船宿の牡丹屋だって、番方やおれたちを丁重《ていちよう》に扱ってくれるけどよ、なんとなく居候《いそうろう》はつらいよな。ここはその点、わが家って気がすらあ」

「主は不在なのよ、金次さん」

「それだ。神守様はいつ吉原に戻ってくるのかね」

「一年の謹慎が明けたら戻ってこられるわよ」

「そんときはよ、もう吉原は紗世らの手に落ちてねえか」

「幹どののことは幹どのに任せるしかございません。いまここで焦《あせ》っても致し方ございますまい。番方がなんぞ思案されているようです。こちらが一寸《いっすん》の虫にも五分《ごぶ》の魂《たましい》を見せるときは必ず参ります、もう少し我慢してお待ちなされ」

汀女に言い聞かされた金次が、へえ、と頷いたとき、澄乃が、

「ああ、忘れておりました」

と言いながら開運稲荷で会った男の話を一座にして、鳥居に留められていた千社札のようなものを汀女らに差し出して見せた。

「なんだい、判《はん》じ物か」

と金次が首を捻った。

「金次さん、字が読めるの」

とおあきが尋ねた。

「おお、おりゃな、花川戸にあった寺子屋にひと月通ったからな、あれこれと察することはできるぞ」

「察するってどういうこと」

と金次とおあきが問答を繰り返す傍らで汀女が、

「蘇民将来子孫也」

と書かれた神札《しんさつ》を黙然と見ていた。

「汀女先生、どういう意にございますか」

と澄乃が聞いた。

だが、汀女は神札を手に思案して直ぐには答えなかった。囲炉裏端《ばた》を無言が支配した。

「素戔嗚尊《すさのおのみこと》をご存じですね、澄乃さん」

不意に汀女が聞いた。

「祭神様のおひとりですね」

「はい。その素戔嗚尊が南の島に旅された折り、一夜の宿りを島の住人に乞われましたそうな。弟の巨旦《こたん》将来は大金持ちでしたが、旅人を拒《こば》み、兄の蘇民将来は貧しい暮らしにも拘わらず粟《あわ》で作った食い物を馳走《ちそう》して、その夜快く泊めたそうです。素戔嗚尊はこの馳走に感動して、『蘇民将来子孫也』という護符《ごふ》を持っているとどのような災禍《さいか》にも遭わずに過ごせるからと与えたそうです。感謝の気持ちが込められたお札です。そのような意味と承知しております」

と汀女は言った。

だが、素戔嗚尊が京の祇園感神院の主祭神であるということを一同に告げなかった。三井越後屋《えちごや》のご隠居は過日、引手茶屋山口巴屋で、神守幹次郎が祇園社の神輿蔵に住まいして神輿を守っていると告げていたことを汀女は思い返していた。

このお札を若い男が澄乃に渡したということは、幹次郎がなんぞの企てを持って汀女にわたるように考えてのことだと思いついた。だが、明確なことではない以上、どのような推量も交えて話してはならないと考え、それ以上のことは告げなかった。

「汀女先生さ、廓の開運稲荷の鳥居に留めてあったということは、吉原に災禍が降りかからないようにということじゃないか」

と金次が質した。

「そのようなことかもしれませんね」

と汀女が曖昧な答えで応じたが、澄乃は何事か無言で沈思していた。

四

金次は結局夜遅くの独り歩きは危ないというので、翌早朝に山谷堀の船宿牡丹屋に戻ることにして、柘榴の家に泊まった。夕餉を食べ終えた後の囲炉裏端に夜具を敷いて寝ることになったのだ。

汀女は、神守幹次郎は江戸に戻っていると確信していた。

だが、幹次郎が知り合いのだれにもそのことを知らせていないのは、官許の遊里吉原になにが起こっているのか、四郎兵衛はなぜ殺されたか、それを幹次郎が密かに探索しているからではないかと思っていた。そして、その探索に目処が立ったからこそ、若い男と澄乃を経て、汀女に自分が戻っていることを密かに告げようとしたのではないかと考えた。それでも汀女は、幹次郎の行動は訝しいと思った。

（幹どのはなぜ、身内や信頼できる仲間にも自分の動きを知らせていないのか）

桑平市松や身代わりの左吉の文を京にて受け取ったあと、即座に行動したとしたら、江戸にはひと月も前に戻っていたのではないか。

いや、幹次郎には加門麻が同行していた。幹次郎が文で伝えてきたことによると、ふたりは祇園感神院の門前町に別々に住んで、祇園の花街について修業しているという。麻といっしょに江戸に帰るとなると厄介だし、祇園の世話になったところにも礼儀を欠くことになる。汀女はあれこれと、澄乃から渡された「蘇民将来子孫也」のお札を手に考えた。

いや、やはり、このお札は幹次郎が少なくとも江戸に戻っていることを告げていないか。

幹次郎はだれのところに身を潜めて、吉原を手中に収めた荒海屋金左衛門一味の背後に控える御側御用取次朝比奈義稙の存在を突き止めようとしているのか。

ともかく吉原会所の昔の仲間、番方の仙右衛門らにもなんの連絡《つなぎ》も取っていないことは、金次の言動を見ていても確かだと思えた。

密かに行動しているからには、然《しか》るべき理由がなくてはならない、となればただ今はじいっと我慢し、幹次郎が姿を見せるまで待つしかないかと考えを固めて床《とこ》に就いた。

一方、吉原会所の妹分の嶋村澄乃は、先ほどの汀女の様子から、あのお札は幹次郎からの何らかの連絡なのではないかと気が気ではなかった。だが、汀女ほど確信が持てないでいた。

幹次郎が江戸にいるならば、なぜ自分たちの前に姿を見せないのか、そのことが不思議だった。どうすれば神守幹次郎と会うことができるのか。やはり京にいるという幹次郎に最初に書状を送って吉原の事情を告げた桑平と左吉に話を聞くべきか。

幹次郎がまず連絡を取るとしたら、このふたりだろう。だが、このひと月のうちにどちらも幹次郎と会ったとは思えなかった。桑平であれ左吉であれ、神守幹次郎と会って行動をともにしていれば、澄乃に告げないまでもなんとなくその表情から感じられるはずだ。

やはりあのふたりも幹次郎が江戸に戻っているとは考えていないのだ。とはいえ、幹次郎が吉原近くにいるとして、身内や仲間に知られない場所や人物はだれか、思いつかないで悶々《もんもん》として眠ることができなかった。

明け方ようやくとろとろとした眠りに就いた。澄乃が目覚めたとき、囲炉裏端に寝ていた金次はすでに柘榴の家から姿を消していた。

「澄乃さん、眠れなかったようね、あのお札のことが気になったの」

「はい。やはりなにか格別な意があるような気がしてあれこれと考えて眠れませんでした」

「で、どうするの」

「汀女先生、調べてようございましょうか」

「あなたはもはや吉原会所の裏同心ではありませんよ」

「引手茶屋の女衆にございます。されど玉藻様が気丈《きじょう》に振る舞っておられるのを見るたびに四郎兵衛様の仇を討ちたいと思うのです。いけませんか」

「汀女もただ今の吉原と関わりございません。澄乃さんになんぞ忠言する力はありません。料理茶屋を預かる女衆のひとりに過ぎません。あなたが調べたいと思うのならば、調べてご覧なさい。番方には私から許しを願《ねご》うておきます」

汀女の言葉に頷いた澄乃は、

「まず桑平様にお会いしてみます」

と言った。


桑平市松は出仕《しゅっし》の形で澄乃を迎えた。

「どうしたえ」

「本日、勢助さんと延次郎さんを浅草寺にお連れしてはなりませんか」

「なにっ、うちの倅《せがれ》どもとの約束を律儀《りちぎ》に果たそうというのか。ふたりは大喜びしようが、なんぞ魂胆があるのではないか」

「魂胆などございません。お雪様のお母様の従妹みよしさんもいっしょがよいのなら、ぜひそうなさってください」

「みよしか、雪と似て人混みは嫌いじゃそうな。一応聞いてみようか」

桑平が三人を呼んで事情を告げると勢助と延次郎は大喜びしたがみよしは、

「今日は庭の畑の手入れをするつもりですよ、旦那様」

と出かけるのは嫌だと言った。

町奉行所の同心の役宅は百坪ほどの広さがあり、医者などに敷地の半分を貸して借地料を得ている役人もいた。だが、桑平は代々の定町廻り同心、長い付き合いの大店《おおだな》などから盆暮れになにがしかの金子が入るゆえ、敷地に畑を造り、季節の野菜を植《う》えていると桑平は説明した。雪が桑平家に嫁に入ってから始めたことだという。

「みよしは浅草寺より畑仕事がいいそうだ。勢助と延次郎と偶には離れて静かに日を過ごしたいのであろう」

と言い添えた。

「じゃあ、勢助さん、延次郎さん、澄乃おねえちゃんと浅草寺に行きませんか。あの界隈はお父上の縄張りうちですよ」

「父上のなわばりうちだって、父上もすみのおねえちゃんといっしょする」

「延次郎、ばかを申すでない。父は御用ゆえ、そのほうらとはいっしょはできぬ」

と言った桑平が、

「みよし、ふたりを外着に着替えさせてくれぬか」

と命じた。延次郎が、

「おねえちゃん、父上とふたりででかけないでよ。おれはこのままでもいいんだけどな」

と慌《あわ》てて、置いていかれることを案じた。

みよしがふたりを奥に連れていった。

「澄乃、なんぞそれがしに質したいことでもあるのではないか」

桑平の問いに素直に頷いた澄乃が、

「桑平様、神守幹次郎様から連絡《つなぎ》はございませんか」

「いきなりの詰問じゃのう、なんぞあったか」

澄乃は昨日廓内の開運稲荷で若い男に出会った以降の話を告げた。

「ほう、『蘇民将来子孫也』の護符か」

と呟いた桑平がしばし考え、

「汀女先生はこの曰くを説明したのじゃな」

「はい」

「ならば素戔嗚尊が神守どのの寝泊まりする祇園感神院の祭神とは申されなんだか」

「えっ、神守様のお暮らしの神社の祭神様でございますか」

「おお、そう聞いておる」

澄乃が黙り込んで思案した。

「汀女先生は、すでに神守幹次郎どのが江戸に戻っておると考えられただろうな」

桑平の問いに澄乃がこくりと頷いた。

「この護符の意と神守どのとの所縁《ゆかり》を承知ならばだれもがそう考えよう。汀女先生も当然そのようにお考えになった。だが、確証がないゆえ、祇園社の祭神様に関わる護符であるとそなたらに告げるのは躊躇われたのであろう」

「桑平様も神守様が江戸におられると考えられますか」

「この護符を見せられればまずそう考えるな」

「桑平様は、神守様が江戸に戻っているとご存じではなかったのですか」

「澄乃、それがしは神守夫婦より単純な男でな。承知なら承知、会ったならば会ったとこの場で答えよう」

「左吉さんはどうでしょう」

「左吉とは昨日も会った。じゃが、さようなことは一言もなかった。それより三浦屋の四郎左衛門の身を案じておったわ」

と桑平が応じたところに、着替えを終えた勢助と延次郎が姿を見せた。

着流しに袖なし羽織を着た兄弟の腰に、過日澄乃が贈った玩具の木刀がそれぞれ差されていた。

「ようお似合いです」

と澄乃が思わず褒めた。

「澄乃さん、父上の縄張りに参ろうか」

と勢助が父の真似をして門へと歩き出した。

「澄乃、本日なんぞ事が起これば、浅草寺の例の茶屋に連絡をつけよ。神守どのはやはりそれがしと左吉の書状に応えられたのだ。いまはっきりと思うたわ」

と言い切った桑平市松が門前へと向かった。


澄乃と勢助と延次郎は、南茅場町《みなみかやばちょう》の大番屋《おおばんや》前から猪牙舟に乗ることにした。五歳の延次郎が八丁堀から吾妻橋《あづまばし》まで歩いていくのはいささか遠いということで父親の桑平同心が知り合いの老船頭に、

「長八郎《ちょうはちろう》、このふたりはわしの倅じゃが、浅草寺見物に行きたいそうだ。すまぬが子供連れ三人を送ってくれぬか」

と舟賃を払おうとした。すると、

「旦那、舟賃なんてなしだ。いつも旦那には世話になっているんだからなあ。それにご新造様のこともあらあ、おれたちはなにもしていねえや。旦那が役目柄、子どもの遊びに付き合えないのも承知だ」

と受け取ろうとしないのを、

「それはならぬ。御用もわが家の事情も、舟賃には関わりがないことよ」

と長八郎の手に一朱《しゅ》を握らせた。

「相変わらず桑平の旦那は固《かて》えね。それじゃ頂戴致しますぜ」

と礼を述べて猪牙舟が日本橋川《にほんばしがわ》へと出ていった。

「澄乃ねえさん、おれたち、久しぶりだぞ、猪牙に乗るなんてさ」

と勢助が言った。

「寒くない」

「さむくなんてないや。おひさまが出ているもの、な、あにうえ」

と延次郎が嬉しそうに周りを見廻した。

「たくさんの舟があがってくるぞ」

「延次郎さん、あれはね、魚河岸《うおがし》に魚を運ぶ舟なの」

「えっ、人をはこばないで魚をはこぶのか。ふなちんはどうするんだ」

「延次郎、漁師がとった魚を魚河岸で売るんだよ。だから、魚は乗り賃なんていらないんだ」

という兄弟の問答を年寄り船頭がにこにこ笑いながら、ゆったりと櫓《ろ》を操《あやつ》った。そして、澄乃に視線を向けて、

「澄乃さんといいなさるか。おめえさん、今戸橋《いまどばし》の船宿に関わりがある女衆だな、わしの古い朋輩政吉《まさきち》さんの舟に乗っているのを見かけたぜ」

「そうですか、私の仕事も承知ですね。といってももはや吉原会所から追い払われましたので、関わりはございませんがね。どうか、船頭さん、私と桑平の旦那が知り合いというのは見逃してくれませんか」

「案じなさんな。わしも船頭の端《はし》くれ、政吉兄《あに》いの名にかけて口にしませんぜ」

と言い切った。

「それにしても桑平の旦那のような律儀な同心はめったにいませんぜ」

「私が礼を言うことじゃないけど、ありがとうと言わせてもらうわ」

ふたりの問答を兄の勢助が聞いていた。

「延次郎さん、舟に酔ったりしない」

「おねえちゃん、しんぱいしないでいいよ。舟はいいよな、あるかなくても進む

もんな」

「そうか、舟にはなんども乗ったことがあるのね」

「ああ、ははうえがなくなったときものったぞ」

「延次郎、屋敷を出るとき、母上の話はするなと言ったのを覚えてないか。おねえちゃんは母上のことを知らないだろ」

と勢助が弟に注意した。

延次郎が慌てて口に手を当てた。

「勢助さん、延次郎さん、おねえちゃんは母上のことも知っております。母上のことを話したいときはいつでも私に話しなさい、泣きたければお泣きなさい。おねえちゃんが聞いてあげますよ」

澄乃はふたりの母親の雪とは面会したことはなかった。だが、つい最近、父親の桑平市松から、雪が四郎兵衛の隠居所で最期のときを迎えたことや、それまでの経緯を聞き知っていた。

「そうか、澄乃さんは母上を知っていたのか。だけど、おれも延次郎も八丁堀同心の子だぞ、同心の子が表で泣いてはいけないのだぞ」

勢助が抗うように言った。

「勢助さん、どんな人でも、大人でも泣きたいときはあるのよ。そんなとき、男でも女でも武士のお子でも我慢することないわ」

澄乃の言葉を聞いた延次郎が泣きそうな顔をしたが、ぐっと歯を食いしばって我慢した。そんな延次郎の手を取った澄乃が、

「おねえちゃんにはもう母上も父上もいないの。浪人の父上とふたりだけの暮らしを長年続けたあと、父上も亡くなったわ。そのとき、何日も何日も泣き続けたわ。勢助さんも延次郎さんも強いわね」

「おれたち、男だからな」

と勢助が威張ってみせたが、延次郎のほうは両眼が潤んでいた。それでも涙を零すこともなくなんとか吾妻橋際《ぎわ》まで辿《たど》りついた。

「船頭さん、ありがとう」

と澄乃が礼を述べるとふたりも真似て感謝の言葉を口にした。

「桑平様の倅さんたちよ、おねえちゃんといっしょにな、浅草を楽しんできなされ」

と長八郎が言い残して大川《おおかわ》（隅田川《すみだがわ》）を下っていった。

「ふたりとも、浅草寺に来たことがあるの」

「おれはあるような気がする」

勢助は曖昧な口調ながら応じたが延次郎は覚えがないのか、首を横に振った。

「いいわ、まず広小路《ひろこうじ》は人が多いからふたりして手をつないで」

と兄弟の手を握らせた澄乃は延次郎の片方の手を取った。延次郎は兄と澄乃に手を握られてなんとなく嬉しそうに見えた。

「おお、ほんとだ、お祭りか、八丁堀の町祭りより人出が多いぞ」

「あにうえ、すごいひとだ」

と兄弟が言い合い、混雑を抜けて雷御門《かみなりごもん》の前に立った。

「ここから浅草寺の門前町が始まるのよ」

とふたりに言い聞かせた澄乃は、横一列から勢助を先頭にそのあとに延次郎を挟んで澄乃と縦に並んで混雑を進んだ。

「食いもののにおいがする」

と延次郎が言い、玩具屋の前を通り過ぎようとすると、

「おお、吉原会所の女同心さんよ、この前うちで買ってくれた刀は連れているふたりに贈ったのか」

と男衆が声をかけた。

「そうなの。このおふたりのお父上は八丁堀に関わりのお方よ」

「なに、町奉行所の同心の倅さんに買ったのかよ。よく似合っているな。同心の倅さんへの贈り物なら銭なんて取らなかったのによ」

「そんなことはどうでもいいわ。それより刀だけではなく十手《じって》も欲しかったんですって」

「なに、おもちゃの十手か、どこかにあったかな。観音様《かんのん》にお参りしたらさ、もういちど立ち寄ってくれないか。十手を探しておくからよ」

と言った。

「あにうえ、十手があるってさ。ちちうえはなかなか十手にさわらせてくれないぞ。おれたちは十手持ちだぞ」

「延次郎、父上のは本物の十手だ、おれたちのはおもちゃの刀と十手だ」

「それでもいいや。刀と十手をさしたら同心だぞ」

と延次郎は興奮の体《てい》だ。

「勢助さんも延次郎さんもお父上のような町奉行所同心になりたいのね」

人混みの中を歩きながら尋ねると、

「ああ、おれ、ちちうえのような同心になる」

と延次郎が言った。兄の勢助が弟になにか言いかけたが、

「勢助さん、こちらで御香の煙を浴びていくわよ。この煙を体じゅうにかけてい
くと病や怪我はしないそうよ」

と澄乃が話を逸《そ》らした。勢助が、桑平市松の跡継ぎには嫡子《ちゃくし》しかなれないこ
とを弟に言えずにいるのではないかとなんとなく澄乃は思った。

本堂の前にある大香炉《おおこうろ》には大勢の人々が群《むら》がって煙を体じゅうに撫でつけてい
た。澄乃もふたりに線香の煙をつけてあげて、

「これで元気になるわ」

「ははうえもこのけむりをつけるとよかったのにね」

と延次郎が言いながら、澄乃から煙を撫でつけられていた。

「そう、早く私が母上にお教えしておけばよかったわね」

と言うのに、兄弟は黙って頷いた。

「本堂に行くともっと混雑するからね、迷子にならないように延次郎さんは私の
手をしっかりと握っているのよ」

「うん、そうする」

「延次郎、うんと返事をするんじゃない、はい、と答えるんだ」

と兄の勢助が注意をして、弟が、はい、と返事をしなおした。

「はい、これ、お賽銭よ」

と澄乃がふたりに一文ずつ渡すと、賽銭箱に投げ入れてふたりの兄弟が手を合わせた。その様子を眺めながら、兄弟が母親の雪のことを思い出しているんじゃないかと思った。

そのとき、澄乃はだれかに見られているような気がした。いつもは汀女と夜の間にお参りするのだが、今日は人出の多い昼間だ。監視なのか、はたまた知り合いが見ているのか分からないまま、本堂前から階段下へと下りようとした。

「わあっ」

と本堂の上から大勢の参詣人を見た延次郎が驚きの声を上げた。

澄乃はふたたび三人を見張る視線を意識した。こんどは最前とは反対の奥山の方角からだと思った。

「さあて、どこに行きたい。甘いものが食べたいの」

と澄乃が聞くと、延次郎が、

「ちちうえのごようがみたいけどすこしつかれた」

と人疲れをしたと言い出した。

「お父上の御用ね、よし、いいところがあるわ」

とふたりの兄弟を伴い、随身門の南側にある弁財天《べんざいてん》の茶店に向かった。

第三章　奥山遊び

一

「澄乃さん、元気だった。吉原は公儀のどなたかが乗っ取ったそうじゃない。あら、おまえさんに子どもがいたの。いや、弟さんかな」

と茶店の女衆が澄乃から勢助と延次郎に視線を移して質した。

「このお子さん方は、こちらに馴染の南町同心桑平様のお子様ですよ。父上の御用の様子が知りたいというので、こちらにお誘いしたんです」

「えっ、桑平市松様のお子だって。母親は」

と言いかけた女衆が慌てて口を閉ざした。

「前々から浅草寺界隈に連れてくる約束をしていたのです。それで本日ようやくおふたりを浅草寺に連れてきて本堂にお参りしたところです。ふたりに甘いものを食べさせてくれませんか」

「そう、そんなわけなの。うちの名物のあんころ餅があるけど、お好きかしら」

と女衆がふたりを見た。

「澄乃さん、この店は父上がしょうちなのか」

と勢助が質した。

「ええ、御用の折り、しばしば立ち寄られるの。きっと今日もお出《い》でになると思うわ」

と澄乃は女衆を見た。

「そうね、必ず一日に一度は顔を覗かせていかれますよ」

と桑平の馴染の女衆が答えて兄の勢助を見た。

「父上の御用が見たかっただけだ」

「ならばお待ちになることね」

「父上は怒らないかな。延次郎とおれがこの店にいて」

と勢助は案じた。

「ふたりの案内人はこの澄乃です。お父上はこのお店に連れてくることを察しておられますよ。大丈夫です」

と澄乃が答えて女衆に三人前のあんころ餅を頼んだ。

ふたりの兄弟と澄乃が冬の日の差す縁台に坐した。

「父上に会えなかったらどうしよう」

と勢助がこれからの行動を気にかけた。

「お父上にはこちらで会えなくても必ず浅草寺界隈のどこかで会えますよ。縄張りにふたりがおられるとご存じですからね。それにここの女衆に、ひと休みしたら奥山に案内すると言い残していきますからね」

「奥山って、なにがあるんだ、澄乃さん」

「芝居小屋とか、独楽《こま》回しや居合《いあい》抜きの見世物小屋、いろんな芸人が競い合って賑《にぎ》やかなんですよ」

「そんなところに行って父上に叱られないか」

「勢助さんと延次郎さんはお父上の御用が見たいのよね。お父上の縄張りうちには奥山も入りますよ」

しばし考えていた勢助が、

「おれたち、父上の御用を見るために奥山に行くんだよね、遊びに行くんじゃやないんだものね」

「そうですとも、そして、お誘いしたのはこの澄乃です。叱られるとしたらこの澄乃です」

「うんうん」

と勢助が応じたとき、女衆と朋輩のふたりが串ざしのあんころ餅とぬるめの茶を盆に載せて運んできた。

「はい、うちの店の名物のあんころ餅よ。食べてみて」

と女衆が兄弟ふたりの前と澄乃の前に盆を置いた。

澄乃の盆にはふたつに折りたたんだ紙片が載っていた。澄乃は紙片が桑平同心からの連絡《つなぎ》かと思い、片手に取ると広げた。そこには、新之助らしき字で、

「おくやま、むかしのおれの小屋」

と書いてあった。新之助はなにか澄乃に伝えたいことがあるのだろう。

「外でたべていいのか」

こんどは延次郎が案じた。

「お父上のご存じのお店です、それより日和《ひより》のいい日は庭の縁台が気持ちいいでしょ」

「そうか、ちちうえのしりあいの店ならばいいな。おれ、こんな食い物、たべたことない」

と言った延次郎が串ざしのあんころ餅を口に入れて、にっこりと笑った。

「延次郎、うまいか」

「あにうえ、あまいぞ、おいしいな」

と応じた延次郎が二本目に手を伸ばした。それを見た勢助もあんころ餅にかぶりつき、

「うまい、あまい」

と叫んだ。

澄乃は自分の皿のあんころ餅を兄弟それぞれの皿に一本ずつ載せた。

勢助と延次郎は新しく置かれたあんころ餅を黙って見ていた。いいのか、と兄弟の眼が言っていた。澄乃は食べ盛りのふたりならば小さめのあんころ餅三本くらいなら、大丈夫だと思った。

「母上のいえも食い物屋だけど、こんなにあまくないぞ」

と勢助が正直な感想を漏らした。

雪の親類は亀戸天神《かめいどてんじん》の境内で茶店を営《いとな》んでいた。だが、川向こうの茶店と浅

草寺境内にある茶店とでは甘味が違ったのだろう。

「茶店の味はそれぞれ違います。勢助さんは甘いほうが好きなんですね」

「すみのおねえちゃん、延じろうもこっちのあんころ餅のほうがおいしいぞ」

「それはようございました」

と言った澄乃がお茶とあんころ餅の代金を縁台に置き、

「あんころ餅を食べたら元気が出ましたか」

「うん、またお寺にもどってもいい」

と勢助が言い、

「ならば人混みを避けながらぶらぶらと参りましょうか」

とふたりを誘《いざな》った。

「ちちうえとはどこであえるの」

と延次郎が澄乃に問うた。

「必ず会えますよ」

澄乃の言葉に女衆が、

「桑平の旦那が見えたら、おふたりが奥山に行ったことを話しますからね。きっと皆さんのことを追いかけていかれましょう」

と言いながら送り出した。

兄弟の手を取った澄乃は本堂の人混みを避けながら奥山へと入っていった。するといきなり独楽回しの口上《こうじょう》が聞こえてきた。勢助と延次郎は初めて見る奥山の雰囲気に呑まれてか、茫然としていたが、

「あにうえ、たかげたをはいたさむらいが、ながい刀を差しておるぞ」

「延次郎さん、あれは居合抜きの芸人です」

「さむらいとちがうのか」

「お侍さんですが、仕事が居合抜きの芸人なんです」

「侍が見世物をしていいのか、澄乃さん」

「勢助さんのお父上は南町奉行所のお役人ですね。でも、お仕事がない侍もおります。澄乃の父も浪人でした。お侍でもいろいろなんですよ」

と澄乃が小声でふたりに教えた。

「姉さん、そのふたりの子どもは奥山が初めてか」

と居合抜きの芸人が問うた。

「はい、そうなんです」

「父親は南町の同心かい」

「はい、桑平市松様です」

「おお、桑平の旦那か、われら芸人にも声をかけてくれる同心どのだ。そうか、桑平の旦那のお子ならば、それがしの芸を披露せんとな」

と言った居合抜き芸人が高下駄を脱ぐと一本の竹馬《たけうま》に乗って、ケンケンをしながら、

「とざい東西、御用とお急ぎのない方は、筑波山三左衛門《つくばさんさんざえもん》の居合抜きの芸をごらんあれ」

と口上を述べると隣にいた猿回《さるまわ》しが太鼓を叩いて和《わ》してくれた。すると猿までが太鼓に合わせて踊り出し、居合抜きの芸人は、

「あら、よっと」

と叫びながら太鼓と猿の踊りに合わせて腰に差していた長い鞘《さや》の刀をひと息に抜いた。すると長いと思われた刀は一尺（約三十センチ）ほどの竹光《たけみつ》で、竹光の先から色鮮《いろあざ》やかな五色の細布が虚空に舞うと同時に、花びらがひらひらと散った。

「澄乃さん、居合抜きではないぞ」

「剣術の居合抜きではないのです。お客さんを喜ばせる見世物芸なのです。この奥山にはいろいろな芸人がいて商いをしているのです」

「この奥山も父上の縄張りか、澄乃さん」

「浅草寺はお寺さんですから、寺社方の扱いです。だけど奥山ではいろいろな騒ぎがありますからね、お父上もお手伝いをしておられます。勢助さんがお父上のあとを継がれて南町の同心になられたら分かります」

と言った澄乃が居合抜きと猿回しになにがしかの銭を渡した。

「多謝致す」

「ありがとうよ、姉さん」

と居合抜きと猿回しが礼を述べた。

奥山をひと回り見物した澄乃は、

「勢助さん、延次郎さん、疲れたでしょう。私の知り合いの軽業《かるわざ》小屋を訪ねてみましょうか」

とふたりを誘った。

「澄乃さん、奥山はおもしろいな。こんなところ八丁堀にはないぞ」

「あにうえ、おれ、ここにまいにちきてもいい」

と兄弟が言った。

「毎日はお連れできません。またいつの日か、お父上にお許しを得た折りに来ましょうね」

「すみのねえちゃん、やくそくだよ」

と延次郎が澄乃の指に自分の小指をからめて、

「ゆびきりげんまんうそついたら針せんぼんのます」

と言った。すると、

「延次郎、次の約束をなす前に礼を述べるのが先ではないか」

と知った声がした。

「ああ、ちちうえだ」

と延次郎が振り向くと、御用聞《ごようき》きと小者《こもの》を従えた桑平市松が笑顔で立っていた。

兄弟が慌てて澄乃に礼を述べた。

「どういたしまして」

とふたりに応じた澄乃が桑平を見返した。

「茶店の女衆に聞きましたか」

「おお、聞いた。そなたら、番太の新之助が働いていた軽業小屋をすでに訪ねたか。それともこれから参るつもりか」

「はい、新之助さんから文を頂戴しました。あれは桑平様のお指図でしたか」

「澄乃、それがしではない。そなたらのいない吉原のことでわしが指図できるわけもあるまい」

と桑平が否定した。ということはやはり新之助の命なのか、澄乃は訝しく思った。

「新之助さんには、桑平様を呼び寄せるなんて真似はできませんよ。新之助さんではないだれかが、私たちを、ただ今休んでいる軽業小屋に呼んだのでしょうか」

「なに、新之助がいた軽業小屋はただ今休業中か」

「はい、先ほど確かめました」

「新之助の名を使ってわれらを呼び寄せたお方がおられるか」

「ということでございますね」

と澄乃と桑平の頭の中にはひとりの人物があった。

「よし」

と言った桑平が、桑平家の小者に、勢助と延次郎を八丁堀の役宅に連れて帰れ、と命じた。

「えっ、父上、奥山見物はもう終わりですか」

と突然の命に愕然《がくぜん》とした勢助が問うた。

「おお、そなたら、十分に楽しんだであろうが。澄乃と父は用があるでな」

と桑平は小者にふたりを預け、役宅に向かわせた。なんとも残念そうなふたりの背を見送った桑平が、

「ともかく休業中の軽業小屋を訪ねてみるか」

と澄乃といっしょに人混みの中を小屋に向かった。すると人混みの中に松葉杖をついた当の新之助が立ってふたりを迎えた。

「新之助さん、私たちになんの用なの」

「えっ、澄乃さんがおれを呼び出したんじゃないのか」

「違うわ」

と澄乃が答え、

「いよいよ、謎めいた話になったな」

桑平同心が新之助に案内《あない》せよと目顔で命じた。新之助が心得て、軽業小屋のうしろに回り込むと裏口から小屋の中にふたりを導いた。

軽業小屋は真ん中に円形の砂場があって、立ち見となる客席が砂場を囲んでいた。がらんとした小屋には、吉原会所の番方だった仙右衛門と提灯を手にした身

代わりの左吉がおり、一同を迎えた。

「ほう、番方に左吉か。この面々をここに集めた人物はどちらにおられるな」

と桑平が言った。

すると仙右衛門が、

「わっしらの他にどなたかがおられるとは思えませんがな」

「仙右衛門、われら、お互い、心を許した間柄じゃな。その名につられてわれらはこの場に立っておる。左吉、となるとあのお方しかおるまいな」

「へえ、そうは思いますがね、いささか面倒なやり方で、わっしらをこの場に集めたってのには曰くがなければなりますまい」

と左吉が言ったとき、休業中の軽業小屋の高い天井の一角からひらひらと書状と思《おぼ》しき巻紙が降ってきた。

松葉杖の先で巻紙を引き寄せた新之助が桑平に渡した。

「わしに読めと申すか」

と応じた桑平が巻紙の書状を披いたが、妙な顔をして左吉に渡した。書状は順繰《じゅんぐ》りに一同の手を渡っていった。だれもが書状を短い間手にしただけで、最後は新之助から桑平に戻された。

「なにも書かれてねえ書状をどう解すればようございましょうね」

と左吉が桑平に質した。

「この書状をわれらに宛てて出したのは、われらが思う同じお方ではないのではなかろうか」

「というと、ただ今の吉原を仕切る荒海屋金左衛門と紗世一味ですかえ」

と左吉があたりを見廻した。

「やつら、われらをこの軽業小屋に集めてなにをしようというのだ」

「桑平様、あのお方に関わりのあるわっしらを始末する気ですかね」

「そんな様子はどこにもありませんぜ」

と新之助が昔馴染の小屋を見渡した。

「違うか、とするとわれらを集めてどんな意がある」

と桑平が自問するように呟いた。

「吉原会所を通じて知り合ったわっしらだが、いまやたったこれだけの人数。わっしらでなにごとかをせよと、どなたかが思案されたか」

と左吉が言った。

それまで無言を通していた澄乃が、

「あのお方にとって私どもは数少ない味方です。あのお方は先の先を見通して動いてこられたお方ですよね」

「ああ、間違いねえ、澄乃さんよ」

と左吉が答えた。

「だったら、あのお方は江戸におられるでしょう。されど汀女先生を含め、だれも会った方はおられません。ですので、むろん推察に過ぎません。そこでこの小屋に同志を集めて『それがしは、そなたらといっしょにおる』と告げられたのではございませんか」

「澄乃さんよ、ならばおれたちの前に姿を見せてもいいじゃあねえかえ」

「新之助さん、未だあのお方は私どもの知る吉原会所の裏同心ですよね。そして、あのお方に亡くなられた四郎兵衛様が『謹慎』を命じられたのです。ということは謹慎が解けぬことには決して私どもの前に姿はお見せにならないのではないでしょうか。そして、互いにやれることをやるのだと、この場に私どもを集めて、無言の宣告をされたのではございませんか」

と澄乃が考えを述べた。

一同は沈黙した。長い沈黙のあと、

「この白紙の文は、あいつらに対しての宣戦布告状と言うか、澄乃」

と仙右衛門が質した。

「考え過ぎですか」

「いや、われらはただ今より反撃を開始するという連判状《れんぱんじょう》かもしれぬ。これまでのひと月あまり、われらそれぞれがあのお方を探すことに、無益にも時を費やしておったのではないか。あのお方は、姿はなくとも必ずわれらの傍らにおられる。もはや戦いの時だと、こうして宣告されたんだ、われらは本日この刻限より吉原会所を不当に乗っ取った面々に反撃を開始する。澄乃の申すとおり、あの御仁はわれらとともにある」

「分かったぜ」

新之助が言い、

「今夕、並木町の山口巴屋に敵方の主導者が集まりますな」

と身代わりの左吉が言った。

「左吉、そういうことだ。よし、白紙の連判状はわしが預かっておく。生きるも死ぬもわれらは一緒じゃ」

との桑平の宣告で集いが終わった。

二

皆が名を告げずに「あのお方」とか「あの御仁」と呼ぶ人物は、隅田川が荒川《あらかわ》と名を変える左岸の鐘ヶ淵《かねがふち》、毘沙門天多聞寺《びしゃもんてんたもんじ》の墓地、伊豆石《いずいし》の墓石の前に黒蠟色《くろろいろ》塗鞘拵《ぬりざやこしら》えの五畿内摂津津田近江守助直《ごきないせっつつだおうみのかみすけなお》を腰に日参し、一刻《いっとき》（二時間）から一刻半、加賀国《かがのくに》伝承の眼志流《がんしりゅう》居合術を遣った。

この墓の主は蔵前《くらまえ》の札差《ふださし》伊勢亀の隠居、七代目の半右衛門《はんえもん》だった。墓前で剣をふるうこの人物は、京から江戸に駆け戻った神守幹次郎だ。幹次郎は京からの道中、思案に思案を重ねた末、八代目伊勢亀半右衛門の助けを借りることを決めた。

先代の隠居は、死の直前、吉原の老舗の大楼三浦屋《みうらや》から薄墨太夫を落籍する決意をなした。むろん死を目前にした老人が遊女を身請けできるわけもない。隠居に頼まれて薄墨の落籍を為す手続きをしたのは神守幹次郎だ。

幹次郎は伊勢亀半右衛門の死の直前、別邸丹頂庵《べっていたんちょうあん》を訪れ、最期の時をともに過ごした。

薄墨の落籍はその折りに託された書状によって頼まれたことだ。

とは申せ、幹次郎ひとりでできた落籍ではない。七代目の死後、八代目に就任した跡継ぎの千太郎《せんたろう》の理解と助勢があって、吉原を驚愕させた落籍話が成ったのだ。

先代は八代目に、神守幹次郎に札差伊勢亀の後見《こうけん》を願えと言い残してもいた。千太郎は七代目の遺言ともいえる言葉に忠実に従った。また幹次郎も札差伊勢亀に降りかかる危難の数々を、命を張って除《よ》けてきた。

このような伊勢亀と神守幹次郎の間柄を知るのは身罷った四郎兵衛と、三浦屋四郎左衛門のふたりだけだろう。

だが、もはや四郎兵衛は身罷り、四郎左衛門も吉原乗っ取りの危難に見舞われて、騒ぎの渦中にあり、先代伊勢亀と幹次郎の関わりを思い出す気持ちの余裕はなかろうと思われた。そこで江戸に密かに戻り、吉原の現況を独り調べた時点で、幹次郎は八代目伊勢亀半右衛門に密かに面会を求めた。

八代目は、

「後見、ようもうちのことを思い出してくれました。吉原の危機は私ども札差にとっても看過《かんか》できない尋常ならざる異変です。家斉様の御側御用取次朝比奈様の次なる狙いは、必ずや札差か両替商に向けられましょう」

と言い、

「この騒ぎを取り鎮めることができるのは神守幹次郎様しかおられません。ですが、差し障りもある。そのことは、うちを密かに訪ねてこられたことから神守様は事の次第を十分お分かりになっておられるでしょう。なにしろ相手は公方様の代理を務めるお方です。事を決するには、相手方の考えと次なる出方を知らねばなりますまい。うちでは神守様にふたりの若い衆をつけます。奥方の汀女先生を始め、昔仲間にはすべて見張りがついておりますでな」

「そういうことです」

と幹次郎が応じた。

「後見、繰り返しますがこたびの勝負、しっかりと相手を見定めて一気に事を終わらせねばなりませぬな」

「それがしもさよう心得ます」

八代目伊勢亀は幹次郎が千太郎として知っていた人物だが、八代目を継いだ折り、亡父七代目の忠言を守り、札差筆頭行司《ひっとうぎょうじ》を引き継ぐことなく札差百余株の仲間の動向を冷静に観察し、伊勢亀の商いだけに専念した。

反対に筆頭行司を継ぎたい札差は何人もいた。千太郎は札差百余株の間で諍《いさか》いが起こるだろうことを承知していた。ゆえに千太郎は亡父の遺言を守り、伊勢亀の商いに専念したのだ。そんなわけで若い八代目は幹次郎が知っていたよりもしっかりとした札差の主人になっていた。

「後見、七代目が身罷ったうちの別邸、丹頂庵はうちの奉公人も数人しか知りません。むろん店の外の人間はうちの別邸が鐘ヶ淵の奥にあるなんて知りません。いや、かようなことを後見はすべて承知でしたな」

と言った八代目が、ふたりの手代《てだい》を呼んだ。

「おお、そなたらは」

幹次郎が知る伊勢亀の手代の孟次郎《たけじろう》と春蔵《しゆんぞう》だった。

薄墨が最後の花魁道中を亡き七代目に捧げた日、二人の手代は幹次郎に伴われて吉原の大門を潜っていた。身請け金千両を携《たずさ》えてのことだった。落籍の手続きがすべて終わったあと、幹次郎は吉原会所の二階から全盛を誇った薄墨の最後の花魁道中を孟次郎と春蔵に見物させる機会を作ってやった。

過日、吉原の開運稲荷で澄乃に会って、京の祇園感神院と深い関わりがある「蘇民将来子孫也」の護符を残した若い衆は孟次郎だった。

澄乃は、薄墨が落籍され、最後の花魁道中を為した宵、薄墨の傍らにいて、新造の形をして薄墨の身を守る仕事を幹次郎から命じられていた。ゆえに伊勢亀の手代だった孟次郎と会ったことはない。

澄乃はその若い衆が何者か知らなかったのだ。

神守幹次郎は伊勢亀の別邸丹頂庵に暮らしながら、孟次郎と春蔵のふたりの手代、いや、いまや幹次郎の密偵《みってい》ふたりが探り出してくる吉原内外の状況を聞いて、吉原の置かれた事態を子細《しさい》に承知した。

幹次郎は八代目伊勢亀半右衛門が喝破《かっぱ》したように、背後に家斉の御側御用取次朝比奈義稙の力を得て吉原会所の実権を握りつつある荒海屋金左衛門とかつて吉原の半籬の遣手だった紗世のふたりの動きを徹底的に探索させた。

そして、今宵六つ、浅草並木町の料理茶屋山口巴屋に吉原の老舗にして知多者のひとり三浦屋四郎左衛門を呼び出し、朝比奈義稙と南北両町奉行ふたりが、

「最後の通告」

を為すことを幹次郎はふたりの密偵の調べで承知していた。

また同時に南町奉行所定町廻り同心桑平市松、身代わりの左吉、吉原会所から放逐された番方だった仙右衛門、澄乃、新之助らを軽業小屋に呼び寄せて、無言《むごん》

裡《り》に、

「己の江戸帰府」

を告げて、合わせて、

「最後の時」

が来たことを知らせていた。

桑平市松らは、身罷った四郎兵衛によって一年の「謹慎」を命じられた神守幹次郎が江戸に戻っているにも拘わらず、そのような事実はあり得ないとして、自分たちはそれを知らない立場を貫くことを要求されている、との考えで一致した。

一方、三浦屋四郎左衛門は、浅草並木町の料理茶屋山口巴屋を刻限前に訪ねるために七つ半（午後五時）に駕籠で大門を出た。

その駕籠には密かに澄乃が従っていた。

駕籠の中の四郎左衛門は胸中で無事に吉原に戻ることができるかどうか、不安を感じていた。四郎左衛門が大門前から駕籠に乗るのを荒海屋金左衛門と紗世は確かめると、この日のために雇っていた浪々の剣術家五人に駕籠を尾行させた。

四郎左衛門の乗った駕籠は、五十間道から衣紋坂《えもんざか》、そして、見返り柳《みかえりやなぎ》を横目に日本堤《にほんづつみ》に出て今戸橋に向かった。だが、道の途中からなぜか浅草田圃に折れていった。駕籠屋は金左衛門に金を摑まされて人の少ない浅草田圃を通るように命じられていた。

師走も押し迫り、浅草寺の横手に向かう道は暗くなっていた。

荒海屋金左衛門と紗世は四郎左衛門の駕籠を尾行する腕利きの剣術家を見送ると、かつての吉原会所に立ち寄り、奥座敷にずかずかと入り込んでいた。もはやそこには番方らかつての吉原会所の面々はいなかった。

「紗世さん、吉原会所の奥座敷に控える気分はどうだっちゃね」

と金左衛門は四郎兵衛が遺した煙草盆を引き寄せながら紗世に尋ねた。

「芳野楼の遣手が吉原会所の主になってはおかしいかえ」

と紗世が反問した。

「おかしくはねえっちゃ。この数日内に、いや、明日にもおれらがこの新吉原会所の主になるのは間違いねえだすけのう」

と金左衛門が答え、煙管の火皿に刻《きざ》みを入れて煙草盆から火をつけた。

「気になるのは例の文箱らけも」

「金左衛門さんよ、あの文箱があろうとなかろうと、もはや官許の吉原は私たちのものだ。その上、吉原を監督差配する町奉行所は朝比奈様が押さえておられる。なんの心配もありませんよ」

「そういうことさ。おれもね、この吉原にはかなりの大金を遣わせてもらったらし。その見返りは頂戴せんとね」

「そう、金左衛門さん、あんたとこの私が手を握っていれば、費消《ひしょう》した以上の金を取り戻せるよ。あんたの蔵に新たな千両箱《せんりょうばこ》が積まれますよ」

ぷかりと煙管を一服した金左衛門が、

「前々から聞きたかっけも。おめと公方様の御側御用取次朝比奈様との付き合いはどんなきっかけで始まったんかさ」

「古い話を聞きたいのかえ」

「ああ、公方様の御近習と半籬の妓楼の遣手とが昵懇とは珍しいっちゃね」

と佐渡の鶴子銀山の山師の荒海屋金左衛門が吸い終えた煙管を、ぽんと煙草盆の縁で叩きながら言った。

「私だって最初から遣手じゃありませんよ」

「最初は女郎にするために芳野楼に売られてきなさったかさ、そう聞いているけも。ところが女郎としてはまあず売れなかった」

金左衛門の言葉に、

「ふっふっふ」

と紗世が笑った。

「おかしいかさ」

「ああ、おかしいね。人間五十年というが、長い年月を経れば同じ者でも、同じようでいてまるで別人なのさ」

「どういう意かね」

「紗世って若い女郎はね、客に売れようと思えばできないわけじゃなかったさ。でも、半籬の芳野楼で売れたところで、二十七、八まで身を売らされてなにがしかの金子が残るか、要領の悪い女郎は借財が残って四宿《ししゅく》あたりに身売りされるか。そんなところだと、二十歳そこそこの小娘が考えたと思いな」

「ほう、なまら紗世さんは頭が切れるようだ」

「私はね、売れない女郎をやり続けている折りにこれはって客に眼を留めた」

「それが朝比奈様かえ」

「ああ、そういうことさ」

と紗世が遠くを見るような眼差しで坪庭を見た。

「十数年前、安永《あんえい》何年だったかね、公方様は徳川家治《とくがわいえはる》様だったよ。朝比奈三五郎《さごろう》って、どうみても出世するような武家には見えなかった。私はね、面体《めんてい》を隠して登楼してきた三十過ぎの侍と閨《ねや》で互いの素顔を見合ったときさ、『この侍は野心家だ』と直感したね。相手も私のことを同じように見たようで『そのほう、一介の女郎で終わる面ではないな』と察したように言い放ったよ。朝比奈って侍と私、年は離れていたし、男と女の違いがあったがね、似た者同士と分かったんだ。で、売れない女郎を演じていた私がさ、その夜は本気で尽くしたと思いな。事が終わったあと、朝比奈三五郎が、『女郎、おまえの取り柄はなんだ』と尋ねたのさ」

「……お侍さんさ、妓楼の女郎に借財はあっても銭はないよ。だがね、やりようによっちゃあ、大金になるものを客から得ている。そいつをどう使うかで金子になることはあるよ。ここの女郎の大半は眼の前の銭にしか眼を向けない。それで客に身を売りつくして終わりが来るだけさ」

若い遊女の話に朝比奈と名乗った武家方が両眼を見開いて紗世を見た。美形とは言えないがきりりとした顔立ちをしていた。

「女、そのほうが客から得るものとはなんだな」

「武家方なら武家方、商人なら商人が格別に承知している話だよ。たとえばこの官許吉原の妓楼や引手茶屋の内情を知っていればさ、そいつは相手次第で金になるよ」

「そなた、いくつだ」

「二十二だけど」

「ほう、二十二か。この楼の稼ぎ頭になりたくはないか」

「最前言ったよ。お職《しょく》になったところで手にする金子は知れている。それより、大籬の内情を欲している人物に話を売れば、それなりの金子が得られると思わないかい、お侍さんさ」

しばし朝比奈某は無言で考えていたが、

「そなた、名はなんだな」

「さよさ、だけどこの楼に入った折りに紗世って名に変えられたよ。で、客を取らされるようになったが、馴染になる客はいなかった。いや、私が自分で、そう仕向けたのさ。すると、遣手や楼の女将さんから嫌味ばかりか折檻《せっかん》を受けて、客を喜ばせる閨の諸々を叩きこまれたよ。だけど、そんな房事《ぼうじ》をさらけ出してまで客は取りたくはないやね。お侍さん、おまえ様は、出世したいかえ」

「出世な、ただ今の公方様であるかぎり、それがしが出世することはあるまい。だが、最前、そなたが漏らした情報《はなし》こそ大金に化けるという考えな、それがしが買った」

「ほう、買ったっていっても、なにも話してないよ」

「それがしとて紗世から情報を得たところでただ今は金子を持たんでな、どうにもならぬわ。紗世、そなた、この楼にいる間に廓内の情報を集めよ。それがしがひょっとして出世をした折りには、ふたりして大金に化けさせようではないか。なにしろ官許の遊里吉原は一夜千両の遊び場であろう」

と朝比奈三五郎が言い切った。

「……金左衛門さん、最初はこんな風に始まったのさ。こんな問答は大体年とともに忘れて、客も私のもとには来なくなる。だがね、朝比奈の旦那は売れない、いえ、売れないように努めている、この紗世のもとに通い詰めてきた」

「なかなか聞かせる話だのう、紗世さんよ」

「そうかね」

と紗世が投げやりに答え、最前金左衛門が吸っていた四郎兵衛の煙管を手にして、器用に刻みを詰めた。

「私が女郎をやめさせられて遣手になったのは偶さかのことだ。先代の遣手が心臓《しんのぞう》の発作で死んじまってね、売れない女郎の私に役が回ってきた」

「若いうえに売れない女郎に遣手が務まるもんか、と早右衛門は考えねかったんかや」

紗世は自分が女郎から遣手になったのは、客との折り合いが悪く、時に客に遊び代の他に金子を集《たか》るという悪い評判があったことが原因だと承知しており、その事実を隠すために、

「私自ら遣手になりたいと手を挙げたのさ。旦那も手癖の悪い私がさ、女郎としてはダメと思ったかね、吉原から放り出すことなく意外にも遣手に鞍替えを命じたのさ。このあたりが早右衛門の甘さだったね」

と言い放った。

「いや、見る眼があったんじゃないか。一時は紗世さん、なかなか腕利きの遣手だったたっちゃ」

と金左衛門が応じ、

「これにはウラがあってね、妙な因縁の朝比奈の旦那も動かれての鞍替えさ」

と紗世は隠された事実を告げた。

「遣手になって何年目かね、朝比奈の旦那に運が向いてきた。公方様が家治様から家斉様に代わってね、家斉様のもとで朝比奈様はとんとん拍子の出世の階段を上がったと思いな、最初の閨の思いつき話が実を結んだんだよ。このあとの話はおまえさんに推量がつこうじゃないか」

「ああ、つくさ。朝比奈様とこの金左衛門の縁は、金の貸し借りだっちゃ。朝比奈様とて、家斉様に代わったらし、出世の階段を上がってこられたっちゃ。朝比奈様がおれから借りた金子の担保《たんぽ》に吉原乗っ取り話をしようとは思わなかったさ。そうか、朝比奈様の後ろには廓の内情に詳しい紗世さん、おめが控えていたってわけかさ」

「そういうこと」

と応じた紗世に、

「三浦屋の四郎左衛門はもはや三途の川を渡ったかさ」

と金左衛門が聞いた。

真っ暗な浅草田圃に提灯の灯りが点《つ》いて浅草並木町へと急いでいた。不意に駕籠が止まった。

「どうしなさった、駕籠屋さん」

「み、三浦屋の旦那、妙な侍たちが駕籠の前後に立ち塞がってやがる」

「なんですって」

と言った四郎左衛門が、

「駕籠屋さん、履物を」

と命じた。

そのとき、闇の中から女の声で、

「三浦屋の旦那様、駕籠を出てはなりませぬ」

と警告の言葉が発せられた。

澄乃だった。

「女、邪魔致すとおまえも死ぬことになるぞ」

「やってみますか」

と澄乃が答えて帯に巻きつけた麻縄を手にしたとき、駕籠の背後に立ち塞がったふたりの浪人侍が、

ぎゃあっ
という叫び声を上げ悶絶した。

一瞬の惨劇《さんげき》であった。

澄乃が何者か、と思ったとき、木刀を構えた人影が駕籠の傍らを走り過ぎ、前方の三人に襲いかかっていた。

ふたたび絶叫が上がった。

澄乃が、

(あのお方だ)

と思ったとき、五人の用心棒浪人を叩きのめした人影は、浅草寺の奥山の方角に向かって闇に溶け込んでいた。

「澄乃さんや、なにが起こりましたな」

と駕籠の中から四郎左衛門が質した。

「三浦屋の旦那様、それよりこの場を急ぎ離れるのがようございましょう」

と澄乃が答え、

「駕籠屋さん、随身門へ、人混みのほうへ行きますよ」

と茫然自失して立ち竦《すく》んでいる駕籠屋に命じた。

「へ、へえ」

と駕籠の提灯が揺れて早足で動き出した。

駆け足で駕籠に従いながら、あのお方は柘榴の家に潜んでおられるのであろうかと考えた。だが、汀女の言動を見ても亭主と会った様子はなかった。なにより澄乃自身が時折柘榴の家を訪ねていた。いるならば必ず分かると思った。

「澄乃さんや、重ねて質します。なにが起こったのです」

「三浦屋の旦那様、なにが起こったかさだかではございません。黒い人影が荒海屋と紗世の一味と思しき用心棒たちに襲いかかり、姿を消しました。ほんの一瞬のことでした」

澄乃の言葉について、四郎左衛門は無言で考えていた。

三

がらんとした吉原会所に女の声がした。

奥座敷にいた紗世はその声がだれか直ぐに分かった。どことなく間が抜けた声は、芳野楼のお針にして、紗世のあとを継いで遣手を兼ねているぬいだった。

奥座敷から会所に行くとぬいが番方を始め、若い衆のいない土間に所在なく立っていた。

師走だというのに若い衆の姿はひとりもなく、火の気ひとつなかった。

「紗世さん、行きどころがなくなっちゃったよ」

と訴えたが格別深刻な口調に聞こえなかった。いつものぬいの言い方そのものだった。

「ふーん、芳野楼は潰れたからね」

紗世がこちらも気軽な言葉で応じた。

「早右衛門の旦那が死んだってね」

とぬいが漏らし、

「そうらしいね」

と他人事《ひとごと》みたいに紗世が答えた。そして、

「旦那は私が楼を買い取ると親切に言ったとき、応じていればそれなりの金子を手に一家でさ、廓の外に出て隠居然とした暮らしが立ったのにね。旦那が死んじゃおしまいさ。帳場にあったのは借用証文ばかりじゃないかえ」

と紗世が言い放った。

「そうだって聞いたよ。うちの楼は引手茶屋を通さない客ばかり、有り金で支払ってくれる馴染が多いよ、紗世さんはとくと承知だよね。そんな商いを長年続けてきて、主の一家だって格別に贅沢《ぜいたく》していたわけじゃない。それなのに借金だらけの楼のお針など要がないと俵屋に巣食っている用心棒に叩き出されたよ」

とさほど困った顔でもなくぬいが告げた。

「女郎はどうしているね」

「どうしていいか分からないと泣いたり怒ったりしているよ。だっていきなり旦那が死んで楼が潰れたんだからね。中には借財が消えたと喜ぶ遊女もいるよ」

「旦那が死んだからって女郎の借金が消えるわけがないよ」

「そりゃあ、困ったね。どうすりゃいいのさ、紗世さんさ」

「そうだね」

と紗世が応じて、四郎兵衛の煙管を手に思案する体をとった。

「紗世さんさ、なぜだか知らないが俵屋にいる荒海屋とかいう山師とおまえさんがこの吉原を牛耳《ぎゅうじ》るって噂があちらこちらから聞こえるよ。そんなことってありかね」

とぬいが当の紗世に質した。

「ああ、ほんとのことさ」

へえ、と驚いた風の顔をしたぬいが、

「どんな手を使えば、お上《かみ》が許した吉原を勝手放題にできるんだい」

と問い直した。

「おぬいさんさ、私が長年かけて吉原乗っ取りを画策してきたことを、おまえさんは見抜いていたんだろ」

「いや、おまえさんから話には聞いてもさ、本気にできなくてね、今もだよ。だけどこうなってみると真だったんだね」

ぬいの素直な返答に紗世が笑った。

「だれも本気にした者はいないやね、気がついたときはこの様《ざま》だ」

「わたしゃ、どこに行けばいいんだね。どこか働き場所はないかね」

「そうだね、さしあたってさ、遊女を連れて俵屋に今夜じゅうに引っ越しな」

「あそこはごろつきだとか浪人者がごろごろしているよ」

「おぬいさん、そやつどもが手を出そうとしたら、紗世の名を出しな。そのうちね、京一の三浦屋におぬいさんも女郎も鞍替えさせてやるよ。むろん借財つきでね」

「へえ、うちは半籬と言いたいが小見世に近い楼だよ。それが旧吉原以来の老舗の遊女に鞍替えできるのかね」

「おぬいさん、しっかりしな。今やこの吉原を支配しているのは、ほれ、吉原会所にいるこの紗世と山師の荒海屋だよ」

と紗世が言い切った。

「紗世さんや荒海屋の旦那の後ろ盾はお上の偉いお方なんだろ」

「おまえさんだって承知の朝比奈様さね、長年、うちに通っていたから承知だよね」

「あの顔を隠した頭巾のお武家様は、紗世さんの女郎時代からの馴染だよね。あの偉そうでないお武家様が急に偉くなったもんだよね。どんな手妻《てづま》を使ったのかね、朝比奈様といい、紗世さんといいさ」

「私のことはおまえさんに見抜かれているとみたがね」

「そうでもないよ、今は朝比奈様の話だったね」

「ああ、先代の上様、徳川家治様には、頭脳明晰《めいせき》と言われた家基《いえもと》様がおられて西の丸に入っておられた。この家基様が狩りの帰りに急死なされた。どうも家基様を嫌った田沼意次《たぬまおきつぐ》様が医者に命じて一服《いっぷく》盛ったのさ、噂だけどね」

「そんな話、聞いた覚えがあるよ」

「大騒ぎになったからね。ともかく家治様には他に男子はいない。そこで一橋《ひとつばし》家の当主の徳川治済《はるさだ》様の長男である豊千代《とよちよ》様を家基様に代わって西の丸に入れることにした。豊千代様が養子となって次の将軍を約束された西の丸に入ったことで朝比奈様に急に光が当たったのさ。養父の徳川家治様が天明《てんめい》六年（一七八六）に亡くなり、十五の若さで豊千代様が十一代将軍家斉様として誕生したってわけさ。私と知り合った折りは、芳野楼の遊び代にも困っていたお方が、なんと今や近習中の近習だ。お城の中で朝比奈様に抗おうっていう老中もいないのさ。つまりこの官許の吉原は、うちらのもんというわけさ」

「魂消たね、そんなことってありかね」

「おぬいさんが今いる会所の様子を見てごらんよ。もはや四郎兵衛もいない、早晩、隣の引手茶屋山口巴屋も私の持ち物になるよ」

「ふーん」

と首を捻ったぬいが、

「芳野楼の遣手だったおまえさんが吉原会所の四郎兵衛様になるのかね」

「おおさ、吉原会所の女頭取、それも悪くないね」

と紗世がにんまりした。

「紗世さんさ、そんなにあれもこれも自分の持ち物になってさ、大変じゃないかね。わたしゃ、芳野楼のお針で満足だよ、紗世さんの後釜の遣手なんてできっこないよ」

「おぬいさんを私が信用しているのはそんなとこさ。まあ、一つだけ私にとって間違いは、おまえさんが私の文箱を『妾長屋』の花に届けたことだね、あれには参ったよ」

「だって、大事な忘れものだろ。紗世さんの長屋に届ければ、おまえさんの手に渡ると思ったんだけどね。まさかお花さんが四郎兵衛様に渡すとは思いもしなかったよ。未だ困っているのかい」

まあね、と言った紗世が、

「もはや勝負の決着はついたよ、となりゃ、あの文箱がこの世にあるのは面倒だけど、もはや四郎兵衛は死んだんだ。どこに行ったか、分かりゃしないやね」

と言った。

「すまなかったよ」

と詫びたぬいに、

「おぬいさん、なにか用事があったのかえ」

と紗世が質した。

「ああ、そうだ。用事があって会所に来たんだ。なんだっけな」

ぬいが首を捻った。

「芳野楼が潰れてさ、行くとこがないって話じゃないのかえ」

「それだ。だけど、今夜じゅうに芳野楼の奉公人は俵屋に移るんだったよね」

「ああ、それが今のおまえさん方には一番安心なんだよ」

「分かった」

と応じて会所から出ていこうとしたぬいが、

「思い出した」

と叫んだ。

「なにを思い出したんだよ」

「今晩、朝比奈の旦那が紗世さんと、ほれ、若い振袖新造《ふりそで》の登勢《とせ》と三人でさ、芳野楼で会いたいとさ。おまえさん方の出世祝いをしようという話じゃないかえ。なぜか私のところに若い使いが来て言っていったよ。そのことを伝えに来たんだった」

「使いだと、だれだい」

「しっかりとした若い衆だったよ。朝比奈様の出入りの大店の奉公人かね」

「名はなんといったえ」

「そんなこと聞かないよ。じゃあね、私たちは俵屋に移っていいんだね」

と言い残したお針のぬいが会所から夜見世の刻限だというのにさびしい仲之町に出ていった。

「妙な女だよ、あれでよくまあ吉原奉公が務まってきたよ」

と独り言を漏らした紗世が奥座敷に戻っていった。

「いつまであの間抜け裁縫女のぬえと付き合う気かや、紗世さんよ。使いに来た用事を忘れるような女だっちゃ」

とふたりの問答を聞いていたとみえて、荒海屋金左衛門が質した。

「私も妙な付き合いだと思うよ。けどね、ぬえじゃないよ、ぬいだね。なにも考えてない女のほうが足をすくわれない。そう、思わないかね、荒海屋の旦那」

「たしかにあの抜け作ぶりとあっては、他人を騙す才はねえっちゃな」

「だろ」

と言った紗世に、

「それにしても城中で敵なしの朝比奈の旦那は、未だおまえさんの体の虜《とりこ》になっているのかさ。おまえさんが育てあげた若い遊女登勢と三人閨がよほどいいと見えるな」

と金左衛門が話柄を変えた。

「佐渡の山師さんさ、吉原の遣手の紗世の手練手管《てれんてくだ》を知った男はさ、私から生涯抜けられないよ。若い登勢に相手をさせながら、私がふたりの仕上げをしてやるのさ。どうだね、荒海屋金左衛門の旦那、一度、紗世の技を堪能《たんのう》してみるかえ」

「悪い話じゃねえがね、よしとこう。朝比奈の旦那に悋気《りんき》を持たれたら、あのお方の用心棒、柳生《やぎゅう》流の達人、剣術家板倉無向斎《いたくらむこうさい》に首筋を刎《は》ね斬られるっちゃ」

と断った。

「まあ、そのほうが剣呑《けんのん》でなくていいね」

と紗世が言った。

その刻限、浅草並木町の料理茶屋山口巴屋では、顔を頭巾で覆った徳川家斉の御側御用取次朝比奈近江守義稙、南町奉行池田筑後守長恵《ちくごのかみながしげ》、北町奉行小田切土佐守直年《おだぎりとさのかみなおとし》の三人の前に、吉原の老舗の大籬三浦屋四郎左衛門が平伏《へいふく》したまま、朝比奈のぼそりぼそりとした口調を聞いていた。

「三浦屋、それがし、そのほうに三浦屋の妓楼の沽券《こけん》を譲ってくれと言うておるのではない。吉原は公儀が許した遊里である。その遊里でそのほうらが官許に甘んじて放漫《ほうまん》な商いをして参ったツケが吉原の全妓楼、また引手茶屋に蔓延《まんえん》しておる。ゆえにただ今のように客足が遠のいておる。それを最前から聞いておれば、公儀が邪魔をして客の足を大門前にて止めておるがごとき言葉を弄しておるな」

「いえ、朝比奈様、さようなこと、この三浦屋、申し上げておりませぬ。たしかに客の入りが少ないのはたしか、しばし時をお貸しくだされと願うておるだけにございます」

と四郎左衛門が抗弁《こうべん》した。

朝比奈の視線がふたりの奉行に向けられた。

「池田、三浦屋の言い訳どのように聞いた」

「はあっ、いかにもさようかと存じまする」

「いかにもさようとはどのような意か」

先任の南町奉行池田も、北町奉行の小田切も朝比奈の強引なやり口をよしとはしていなかった。だが、なにしろ将軍家斉の御側御用取次に自由にものを言う権限など与えられていなかった。

町奉行は老中の支配下にあった。その老中すらただ今の朝比奈にはだれひとりとして意見をしたり、異を唱えたりした者はいなかった。幕閣のだれもが成り上がりの朝比奈の言動に反感を抱きつつも、腹の虫を必死で抑えていた。

これまで官許の遊里吉原と公儀は、格別な差し障りもなく互いを尊重し、認め合ってきたのだ。その吉原体制においては七代目四郎兵衛のもと、盟友として三浦屋四郎左衛門がおり、このふたりの大物を裏同心なる名目の神守幹次郎が下支えしており、この数年順調に運営を続けてきた。

だが、四郎兵衛も年をとり、隠居を考え始めたとき、廓内に火種が生じた。つまり跡継ぎをめぐる騒ぎだ。

町奉行の池田も小田切も、吉原者に八代目を継ぐに相応する人物がいないことを承知していた。そこで四郎兵衛は密かに裏同心の神守幹次郎を八代目に推挙《すいきょ》したいと町名主に提案した。

この考えをすでに承知だったのは惣町名主の三浦屋四郎左衛門だけだった。

提案は、町名主の間に騒ぎを生じさせた。神守幹次郎のこれまでの手腕を認めて賛意を示すものと、吉原者でないよそ者に吉原を実質仕切る会所の頭取に就か

せるわけにはいかないと反対するものの両方が生じた。そこで四郎兵衛は、一年の猶予の歳月を得るために神守幹次郎に、

「失態あり」

として謹慎を命じた。それは両派に諍いと対立をもたらすことになった。

神守幹次郎が吉原会所に復帰する前になんとしても八代目頭取を自分らの派にとの内紛が繰り返された。

四郎兵衛はなんとしても幹次郎の江戸への帰府までに町名主の考えの統合をと、力の限りを尽くしてきたが、神守幹次郎不在の吉原会所は、四郎兵衛の想像を超えて弱体化していた。

八代目跡継ぎ争いに廓の外から第三の勢力が加わった。かような機会を佐渡の山師荒海屋金左衛門や紗世は、虎視《こし》眈々《たんたん》と狙っていたのだ。

「小田切はどうみるな」

「はあ、官許の遊里は旧吉原時代から公儀の監督のもと、吉原会所なる廓者の組織に任せて参りました。朝比奈様が申されるとおり、新吉原に移りて百有余年、吉原会所と廓内の町名主どもの力が衰弱しておることはたしかにございましょ

「であろう。ゆえにそれがしは上様の代理として官許の吉原をいったんこの者たちから取り上げ、御免色里とこの者たちが呼ぶ吉原の改革をなさんと思うておるのだ。池田、小田切、幕府であれ、大名家であれ、大商人の集まりや札差であれ、長年続けてくるとあちらこちらに差し障りが生じてくるものだ。ゆえに荒業を振るうて、吉原の体制を模様替えする気でおる。よって仮頭取でもあった三浦屋に真っ先に楼の沽券を公儀に返納してみせよと言うておるのだ、この理、分かろうな」

朝比奈の言葉に四郎左衛門が必死の形相で抗おうとしたのを見た池田が、

「朝比奈様、浅草蔵前にも改革の手を伸べられますか」

と話柄を変えて三浦屋の立場を守ろうとした。

「吉原の改革が終われば、札差、両替商を見直す所存である」

朝比奈は池田の問いに答えた。

(なんと世の道理を知らぬ傲慢《ごうまん》極まる人物か)

と思ったがそれには触れず、

「大変な改革にございますな。老中方はどのようにお考えでございましょうか」

と応じた。

「小田切、そのほう、ただ今の老中に気骨《きこつ》のある者がひとりでもおると考えておるか」

「あの、むろん朝比奈様の如《ごと》く、大いなる気骨をお持ちの方がおられるかどうか、われら町奉行風情には判断つきませぬ」

「小田切」

と言いかけた朝比奈の注意が四郎左衛門に向けられた。

「四郎左衛門、先代の吉原会所頭取四郎兵衛は、身罷ったのじゃな」

「は、はい」

「病死か、老衰《ろうすい》か」

池田も小田切も朝比奈が四郎兵衛の暗殺を承知しているどころか、四郎兵衛の暗殺を指示した人物こそ、眼前の朝比奈と推量していた。ゆえに盟友の四郎左衛門に、朝比奈は病死か、老衰死であると認めさせようとしているのだと思った。

「朝比奈様、四郎兵衛は何者かに拉致されて拷責を受けたのち、刺殺されて吉原会所の大門に吊り下げられておりました」

と四郎左衛門が勇気を振り絞って事実を伝えた。

「なに、責め殺されたとな」

と朝比奈がふたりの町奉行を睨むと、

「そのほうら承知であったか」

と質した。

「はっ、吉原会所では病のために死んだとして極秘裡に荼毘《だび》に付したと配下から聞かされております」

と南町の池田が言った。

「なぜさようなことをなしたな」

「そ、それは」

「なんだ。はっきりと申せ、池田」

ふっと息を吐いた池田の返答の前に小田切が、

「ただ今の廓内に無法者の群れが入り込んでおると聞きおよんでおります」

「なに、無法者じゃと」

と応じた朝比奈であったが、先刻から、

(三浦屋は紗世の配下の者にこの場に来る道中で殺されるはずではなかったか)

と内心気が気でなかった。

朝比奈は、料理茶屋に呼び出したにも拘わらず、欠席したことを理由に三浦屋の沽券を取り上げようと考えていた。だが、襲われて始末されたはずの三浦屋四郎左衛門は、この場に平然と姿を見せたのだ。

「朝比奈様、吉原に参られたことがございましょうか」

と池田が問うた。

「ある。それがし、こたびの吉原改革のために面体を隠して吉原内を探索致したでな」

「さすがは公方様の信頼厚き御側御用取次朝比奈様」

と小田切がなにか言わんとしたとき、襖の向こうに、

「朝比奈様、お使いの方が見えまして、口頭にて用件を伝えてほしい、と申されました」

と汀女の声がした。

「なに、使いじゃと。その者、それがしの姓名を言いおったか」

「はい。極秘ゆえ朝比奈様おひとりにとも申されました」

「よし、そちらに参る」

と朝比奈が立ち上がると襖がするすると開かれた。

襖の陰で密かに朝比奈のこれまでの言動を聞いた汀女は、荒海屋と紗世の背後に控えている人物こそ公方様の御側御用取次と明確に信じた。

四

朝比奈義稙は、汀女から話を聞いたあと、

「その使いは確かな人物であろうな」

と確認した。

「さて、初めてのお方でしたが、丁寧な口調で、俵屋の紗世様の配下だとしかとおっしゃいました」

「三浦屋四郎左衛門を帰せ、さすれば事を終わらせると言うたのじゃな」

「はい。使いのお方はそう申され、早々に姿を消されました」

「間を置いてそれがしが吉原に参り、四つ（午後十時）過ぎに芳野楼を訪ねればよいと言い添えたのじゃな」

「なんでも重要なお知らせがあるそうです」

「使いめ、さようなことをその方に言いおったか」

「待ち合わせの場に急ぎ戻らねばとか、飛び出していかれました」

繰り返し同じ言葉を告げる汀女に、しばし思案していた朝比奈が、

「よかろう」

と返事をして最前の座敷に戻った。

汀女は階下に戻るふりをして二階座敷の話が聞こえる隣室の暗がりに控えた。

「三浦屋、沽券は明日必ず取りに行かせる。相分かったな」

「致し方ございません」

四郎左衛門が覚悟をした風に応じた。

汀女は朝比奈のいない間にふたりの町奉行が四郎左衛門を、

「われらが朝比奈様をなんとか懐柔《かいじゅう》致すで、しばらく辛抱《しんぼう》せよ」

とか説得したのであろうと推量した。

長いこと町奉行所と吉原は阿吽の呼吸でお互いの都合のよい関係を造り上げてきたのだ。吉原会所の頭取だった四郎兵衛が暗殺されたいま、吉原を主導するのは知多者の出の三浦屋四郎左衛門しかいない。町奉行所にとっても欠かせぬ人物だった。両奉行が、

「三浦屋、この場ではあのお方に応じるふりをして、妓楼の沽券を隠せ。俵屋に

おる連中には旧吉原以来の沽券ではのうて、適当なものを渡してはどうか。どうせあの方とて判断がつくまい」

「ともかく四郎左衛門、そなたの命を守ることに徹せよ。四郎兵衛のように殺されてはつまるまい」

と言い聞かせたのだと汀女は推量した。

四郎左衛門は、三浦屋の沽券うんぬんより旧吉原以来、官許の遊里を公儀が示した文書「吉原五箇条《ごかじょう》遺文《いぶん》」が吉原にはないことを、相模国鎌倉《さがみのくにかまくら》の古寺《こじ》建長寺《けんちょうじ》に密かに保管されていることを承知していた。あの古文書の存在を承知なのは死んだ四郎兵衛と鎌倉行きに同行した神守幹次郎、それにこの三浦屋四郎左衛門しかいない。成り上がりの御側御用取次が知る由《よし》もないことを、まして眼前の南北両町奉行が想像だにしていないことを承知していた。

四郎左衛門の返事を聞いた朝比奈が、

「よし、ならばそのほうは吉原に帰ることを許す」

とどことなく満足げな顔で言った。

この話を隣座敷の暗がりで聞いた汀女は、座敷を出た気配の四郎左衛門を階下で待ち受けて帳場に誘い、

「三浦屋の旦那様、朝比奈様方がうちを出ていかれるまで、しばし奉公人部屋にてお待ちください」

「汀女先生、どうしてかな」

「参られる折り、浅草田圃で五人組に襲われたのではありませぬか」

「いかにもそのようだ。どうやら女裏同心の澄乃さんらが私を助けてくれたようでな」

とそのことを思い出して不安げな顔で応じた。だが、四郎左衛門が朝比奈某へ沽券を渡すことを承知したいま、二度と用心棒らに襲わせることはあるまいとも思っていた。

「そこでございますよ。こちらに来る折りにしくじったとしたら、帰りに別の用心棒らが待ち構えているとも考えられます」

「さようなことがあろうか、汀女先生」

「なんとも申せませんが、用心に用心を重ねるに越したことはございません」

うーむ、と唸って思案する四郎左衛門をよそに下男の足田甚吉《あしだじんきち》を呼びつけ、

「四郎左衛門様の駕籠を門内に入れ、内玄関につけなされ」

と命じた汀女は、

「四郎左衛門様、お羽織をお借りします」

と羽織を脱ぐように願った。

「なにをなされますな」

「ここは私に従《したご》うていただきます」

と応じたところに甚吉が戻ってきた。

「姉様、駕籠を土間につけたぞ」

「そなた、この羽織を召していかにも三浦屋の旦那様然として駕籠に乗り込みなされ」

「えっ、今晩は駕籠で長屋に帰ってよいのか。なんの真似だ、姉様」

と甚吉が質した。

「そなたも長年吉原に世話になっておりましょう。ときには代わりを務めて三浦屋の旦那様のお命を守りなされ」

「あ、姉様、駕籠に乗っているのがおれだと知ったら、吉原会所を乗っ取った連中がおれを殺しはせぬか」

と甚吉が狼狽《ろうばい》した。

「甚吉、そなたも豊後《ぶんご》岡藩《おかはん》中川修理大夫《なかがわしゅりのだいぶ》様の下士《かし》、私や幹どのと奉公を務めた人間でしょう。命を張って吉原のために働きなされ」

と険しい口調で命じた。

「姉様、おれは幹やんと違い、武術はからっきしだぞ。殺されぬか」

と甚吉が抗った。

汀女は足田甚吉を土間に招き、羽織を着せかけると、

「甚吉、さあ、早く三浦屋の旦那様のように駕籠に乗り込みなされ」

と重ねて言った。

「おれ、どうなる、死ぬのか」

と甚吉は自分の身を案じた。

「道中、密かに駕籠から転がり出てひっそりと暗がりで隠れていなされ。駕籠屋さんには私から願うておきます」

「そうか、途中で駕籠から暗がりに転がり落ちるな。姉様、なにがしか銭が稼げぬかのう」

「甚吉は昔から金子に弱い御仁でしたな。いいでしょう、明日、この汀女が命がけの代償に二分差し上げましょう」

「おお、二分か、一両にはならんか」

「甚吉、姉の足元を見るのではありません。やるのですか、やらぬのですか」

「足田甚吉、男でござる」

と羽織を着た甚吉が駕籠に乗り込み、汀女が、

「お待たせ申しましたな、駕籠屋さん。三浦屋の旦那様を丁重に廓まで送ってくださいまし」

と命じながら、不意に小声に変えて、駕籠の人物は三浦屋四郎左衛門ではないが、それらしく吉原まで走って下されと願い、駕籠かきに一分ずつを握らせた。

駕籠かきは心得た様子で、

「汀女先生よ、心配しないでも旦那をな、大門へと連れ戻すぜ」

と大声で答えた。

駕籠を見送ると、汀女は御側御用取次の乗物を料理茶屋の式台前に呼び寄せた。

と式台に二階から下りてきた朝比奈義稙が汀女に質した。

「三浦屋は戻りおったか」

「はい、お帰りになりました」

うむ、と応じた朝比奈が乗物に乗り込もうとして、履物を揃える汀女に、

「汀女とやら、そのほうの亭主は吉原会所の下働きをしておった神守幹次郎じゃ

な」

と質した。

「いかにもさようでございます」

「亭主はどこにおるな」

「わが亭主どのは謹慎中の身ゆえ禅宗の寺にて修行に励んでおります」

「謹慎な、どのような失態をなした」

「亭主どのの御用のこと、女房の私は存じませぬ」

汀女の言葉にしばし間を置いた朝比奈が、

「謹慎の命を告げたのは元吉原会所頭取の四郎兵衛か」

「いかにもさよう心得ます」

「四郎兵衛は死んだと聞いた。さらにこれまでの吉原会所は公儀の命で潰され、消えてしもうた。ならば、もはや謹慎もなにもあるまい。姿を見せてもよいのではないか」

「わが亭主神守幹次郎は律儀な気性ゆえ、四郎兵衛様の死をどう考えますか。その判断次第かと存じます」

「判断次第ではもはや巷《ちまた》に出てきておると申すか」

「朝比奈様、これればかりは女房の私にもお答えできかねます」

「まあ、よい。この際、亭主が世間に姿を現わさぬようにするのがなにより生き残る途《みち》であろう」

と言い切った。

「三浦屋の旦那様が私の代で妓楼を潰すことになった、先祖に顔向けできぬと申されてお帰りになりました。朝比奈様、吉原の大籬や老舗の引手茶屋を公儀はお取り上げになるのでございますか」

「二百年近く公儀のお墨付きをもろうて商いをしておると、商い自体が硬直して、三浦屋のような知多者の出の老舗ばかりに大金が集まるようになっておるでな、官許の遊里の改革、模様替えは急ぎの課題である。もはやそのほうの亭主のような、陰の者は新しい吉原には不要じゃ」

「と申されますと、俵屋におられる不逞《ふてい》の剣術家如き一派も用なしにございますか」

「あやつらは、それがしがあずかり知らぬ面々、荒海屋金左衛門の手下であろう」

「ならば芳野楼にて遣手を務めておられた紗世なる女衆は、どのようなお役目にございますな」

「女、いささか口が過ぎる」

怒声を発して、朝比奈が汀女を脅した。

だが、汀女は平然としたもので、

「恐縮至極にございます」

と答えていた。それを見た朝比奈が、

「神守幹次郎とやらもいささか吉原会所にて調子に乗り過ぎたようじゃな。死んだ四郎兵衛が謹慎を命じたほどだ。よいか、その口を改めぬと亭主に会う前に、そのほうも身罷ることになるぞ、それでよいのか」

と言い放った。

「朝比奈様、それは困ります。神守幹次郎は、私にとってだれよりも大事な人でございます。私がどなたかに殺されるのも困ります。もはや口出しは致しますまい。朝比奈様、また、こちらの料理茶屋にお出でになってくださいまし。その折りは、丁重にお迎えいたします」

汀女は淡々と、だが、はっきりと言い切った。

しばし間を置いた朝比奈が、

「さあてのう、その折り、この店の主はそなたではのうて、俵屋の女主の紗世になっておるかもしれぬぞ、そう覚悟しておけ」

と言い残して乗物に乗り込んだ。

朝比奈に同行し、長い刻限待たされた陸尺《ろくしやく》の傍らに控えていた剣術家板倉無向斎が、

「お屋敷に戻られますか」

と質した。

その傍らには朝比奈の家臣がふたりと板倉の配下の剣術家が三人従っていた。朝比奈の家臣は無言で得体の知れぬ剣術家になんの指図もできなかった。朝比奈が板倉の柳生新陰《しんかげ》流の腕前を高く買っているからだ。

「いや、吉原に立ち寄る用ができた、乗物をあちらに向けよ」

と命じた。

「畏まりました」

と板倉が顎で陸尺らに吉原に向かうように命じて乗物が料理茶屋山口巴屋を出ていった。

一行の先頭に朝比奈の家臣と板倉の配下の三人が先導し、提灯は家臣のひとり

が手にしていた。

汀女がかたちばかり腰を深々と折って頭を下げて見送った。

山口巴屋の門前に残った乗物は南北町奉行のものだけになった。

南町奉行の池田長恵と北町奉行の小田切直年が朝比奈の一行が去ったのを見て、式台に姿を見せて、
ふうっ
と期《き》せずして奉行ふたりが大きな息を吐いた。

「池田様、小田切様、ご苦労に存じました」

と汀女が声をかけた。

「ただ今の御側御用取次どのにはどなたも逆らえぬでの」

と思わず池田が言い訳を漏らし、

「池田どの、どこかにかのお方の密偵が潜んでおるか分かりませんぞ」

と小田切が注意した。

「おお、いかにもさようでございましたな。くわばらくわばら」

と池田が首を竦めた。

「池田様、小田切様、この山口巴屋にはただ今、さような怪しげなお方はおられ

ませぬ。ご安心を」

と汀女がふたりの町奉行に応じた。

「女将、三浦屋はこちらに来る道中、何者かに襲われたと申すではないか」

と池田が声を潜めたまま問い、

「朝比奈様は、三浦屋が姿を見せた折り、驚いた顔を見せなかったか」

「おお、そのことよ。三浦屋を己が呼びつけておいて、来ないことをなんとのう承知であったような感じであったな。あの驚きようには怒りと不審がござったな」

「いかにもいかにも」

とふたりの奉行が言い合った。

「お奉行様方、もはやその話はお忘れになったほうがようございます」

「おお、そうであったわ」

と小田切が頷き、池田が口に手を当てた。だが、南町奉行の池田が、

「この料理茶屋もあのお方は引手茶屋の山口巴屋といっしょに取り上げるお心算のようじゃな。われらがこちらに参るのがこれで最後にならねばよいが」

と独り言のように呟き、

「女将、われらの乗物を呼んでくれぬか」

汀女に命じた。


一方、三浦屋四郎左衛門ならぬ足田甚吉を乗せて、真っ先に山口巴屋を出た駕籠は、広小路に出ると吾妻橋へと向かい、大川の右岸沿いの町屋花川戸《はなかわど》町《ちよう》を山谷堀の今戸橋に向かった。

「甚吉さんよ、この先で九品寺《くほんじ》門前に差し掛かるぜ。提灯の灯りを吹き消すからよ、灯りが消えたら駕籠から転がり出て、寺の境内に逃げ込みねえ」

と行きの襲撃騒ぎから事情を察していた先棒が言った。

「おい、おれを殺そうって奴らがいるのかよ」

「おめえじゃねえよ、三浦屋の旦那を消そうという連中が行きのしくじりの帳消しにそろそろ襲ってきても不思議じゃあるめえ。そうなったらよ、おめえが逃げようたって逃げ切れめえ」

「わ、分かった」

と駕籠の中で手にしていた草履をはいて、

「ほれ、風で灯りが消えたぜ」

という先棒の言葉で甚吉は駕籠から転がり出て、九品寺の山門の中へと這いずり込んだ。


一方、三浦屋の駕籠に遅れて料理茶屋山口巴屋を出た朝比奈の乗物は、浅草寺雷門から本堂へと向かい、随身門で寺町《てらまち》に出た。

「板倉はおるか」

「乗物の傍らに控えております」

「家来どもはどうしておる」

「われら行列の先頭に立たせて灯り持ちをさせております」

「よかろう」

と言った朝比奈が、

「神守幹次郎の女房を見たな」

「いかにも拝顔しましたぞ」

「大年増ではあるが、なかなかの美形ではないか」

「殿、たっぷりと水っ気もございますな。とは申せ、あの女子に手を出されると厄介になりませぬか」

「神守幹次郎か。江戸界隈の禅寺にて修行しておると聞いたが、あやつ、江戸界隈にはおらぬわ」

「ほう、江戸におりませぬか。となると、どちらに身を潜めておりますな。そう称して柘榴の家とか呼ばれる小体《こてい》の家に隠れておるのでありますまいな」

「違うな。あやつ、薄墨と名乗っておった花魁といっしょに京に逗留しておるのよ」

「ほう、殿はどうしてまたそのような情報を得られましたな」

「板倉、頭は使いようじゃ、神守の仲間にな、南町奉行所の定町廻り同心桑平市松と身代わりの左吉なる闇仕事をしている者がおるわ。それがしはこのふたりが神守の行き先を承知と推量しておった。で、四郎兵衛を暗殺して吉原の大門に骸を吊るしておけば、このふたりのどちらかが必ずや神守に知らせると見ておった。そこで町飛脚に命じてな、このふたりの名で文を取り扱った折りは知らせるように告知しておった。図らずも桑平市松が京の祇園感神院気付で神守幹次郎に文を送りおったと飛脚屋が通告してきおった。四郎兵衛を暗殺して三月も経ったころのことよ」

「殿、お考えになりましたな。さすがは公方様の御側御用取次、南町奉行はこのことを承知でございますかな」

「桑平を南町から放逐するのは吉原乗っ取りが終わったあとでよかろう。一同心だけではのうて、池田奉行も一緒に町奉行所から追い出すのよ」

「う、うーむ」

と板倉が呻《うめ》いた。

朝比奈義植を乗せた乗物は、浅草寺の傍らの馬道《うまみち》から寺町へと入り込んでいた。すると寺町の先に提灯の灯りがちらちらと見えた。一行の先導をなす板倉の配下のひとりが乗物を待ち受けて、

「板倉様、妙な灯りが待ち受けているようですぞ」

と知らせた。

ちょうどその折り、吉原から四つを知らせる鐘の音が風に乗り、浅草田圃を渡って響いてきた。

第四章　仇討ち始末

一

京・祇園。

夕月の京舞に、玉水の三味線と唄、そして、加門麻の琴の三人組の遊芸は祇園の評判を呼び、いまや一力茶屋いちばんの人気になっていた。

一夜に必ずひと組は旦那衆の座敷に呼ばれて披露された。だが、芸妓や舞妓の立方、三味線と唄の地方が旦那衆の前、舞台や座敷で芸を披露するのに対して、麻は隣座敷から密やかに加わった。客が女将の水木に、

「琴の女衆もうちらの眼の前で弾いてえな。江戸から遊芸の修業に来てはるのはだれもが承知や。どないや」

といくら乞うても、麻はその要望を受け入れなかった。

一方、地方の姉さん株の玉水は、京の調べの中でも麻の琴に合う演目を加えて、京と江戸の芸の競演に段々と広がりが見えていった。

この宵、麻はわずかに開けた襖の間から夕月の舞と、玉水の三味線と唄に琴を合わせていたが、いつもより弦《げん》がぴーんと張られているように感じ、指先と爪輪《つめわ》で加減しながらいつも以上に神経を使って弾いた。


浅草並木町。

料理茶屋山口巴屋では三浦屋四郎左衛門がいらいらしていた。

「汀女先生、そろそろお暇《いとま》しとうございますがな」

奉公人部屋から立ち上がり出ようとし、

「いえ、今晩はこちらにお泊まりになったほうがようございます」

と汀女に拒まれた。

「ほう、どうしてですな」

「朝比奈様が廓におられます」

「おや、どうしてそう申されますな」

「最前、紗世の使いとやらが来て朝比奈様を芳野楼に呼び出しましたので」

「なに、朝比奈様が中座された折りのことですな、紗世がさようなことを仕向けましたか、なんのためでしょうな」

「紗世が仕掛けたのでしょうか」

と汀女が疑問を呈した。

「どういうことですな、汀女先生」

「朝比奈様も紗世もどなたかによって、そう仕向けられたのではございませんか」

「なんと仰《おつしや》いました。どなたかがあのふたりを芳野楼に呼び寄せた、と申されますか。芳野楼には、もはや遊女も奉公人もおらぬと聞いておりますがな」

「はい。さような無人の妓楼になぜふたりを呼んだのでしょうか」

「さて、それは私には分かりませんな」

「四郎左衛門様、今宵、こちらに参られる途中、何者かが旦那様の駕籠を襲いましたな」

と汀女が話柄を変えた。

「は、はい、最前もその問いに答えましたな。あれは俵屋に巣食う荒海屋一派や紗世の用心棒どもではありませんかな」

「いかにもさようと心得ます。ところが何者かがその面々を蹴散らかしたと聞きましたが」

「女裏同心の澄乃さんではありませんかな、なんとしても助かりましたわ」

「三浦屋の旦那様、あの場に澄乃さんがおったことは確かですが、面々を叩きのめしたのは澄乃さんではないと駕籠かき方から聞かされています。一気に五人を叩きふせて夜の闇にかき消えたひとり者の仕業だそうです。さあてその者、何者でございましょう」

「何者と申されますと」

四郎左衛門が沈黙して考え込んだ。そして、不意に、

「もしや、神守幹次郎様が江戸に戻っておられるのか」

と呟いた。

「四郎兵衛様亡きあと、吉原会所の仮頭取は三浦屋四郎左衛門様でございました。四郎兵衛様が出した『謹慎』の命は、そなた様がお解きになるのが道理でございましょう。四郎左衛門様はさような触れを出されましたか」

「いえ、出しておりませんぞ。私にさような権限がもはやあるとは思いませんし

な。汀女先生、出したほうがようございましたかな」

こんどはしばし汀女が間を置いた。

「おそらく京へさような書状が届けられたとしても、私どもが知る人物は、京から動こうとはしますまい。なぜなら、一年の『謹慎』は未だ終わってはおりませんから」

「となると、私を助けた御仁は、あのお方であって、あのお方ではない」

と四郎左衛門が考え込んだ。

「もしかしてあのお方は江戸におられるが私どもの前には姿を見せられぬ、ということですか」

「さよう考えられませぬか」

と応じた汀女が、

「おそらく私どもの知る人物はかなり前から吉原の変化を密かに観察して機会を窺っていたのではございますまいか」

「それでありながら汀女先生の前にも江戸の親しい仲間、桑平様や身代わりの左吉さんの前にも姿を見せてはおらぬということですか」

「はい、あの御仁は律儀なうえに慎重な人物です。事が終わるまで、いえ、『謹慎』の一年が過ぎるまで決して私どもの前に姿を見せますまい」

「なぜですな。われらは信頼できる味方ですぞ」

「四郎左衛門様、江戸で私どもの前に姿を見せぬということは、その後を考えてのことでしょう。事が起こるとしたら、今宵ではございませんか。四郎左衛門様はその騒ぎに関わってはなりませぬ」

三浦屋の主が沈思した。

長い沈黙だった。

「神守幹次郎様は江戸には帰っておらず未だ京におられる、そのように考えよと、汀女先生は言われておるのですな」

汀女が頷いた。

「三浦屋の旦那様は、朝比奈様から三浦屋の沽券を差し出せと町奉行ふたりの前で強要されました。旧吉原以来の妓楼を吉原改革と称して取り上げられるのです、不愉快極まりのうございましょう。旦那様は、この料理茶屋でやけ酒を呑まれて泊まられることになりました」

汀女の言葉を吟味していた四郎左衛門が、

「汀女先生、先ほどの膳には全く手をつけておりません。酒を頂戴しましょうかな」

と言った。

朝比奈義稙を乗せた乗物は、必死の形相で寺町を日本堤に向かって走っていた。

その傍らには柳生新陰流の遣い手板倉無向斎がひとりだけ従っていた。朝比奈の家臣ふたりと板倉の配下の三人は、一行の前に立ち塞がった者を取り囲んでいた。頭巾で面体を隠したその者は黒い着流しで刀を一本差しにして、手には木刀を携えていた。

「そのほう、何者か」

と板倉の配下のひとりが質した。

だが、着流しに頭巾の人物から答えは返ってこなかった。

「まさか神守幹次郎ではあるまいな、となれば許さぬぞ」

朝比奈の家臣が詰問した。朝比奈の家臣たちは幹次郎のことをよく知らなかったし、会う機会もなかった。

そのせいか、相手は相変わらず寺町の一角、人の往来の絶えた通りにひっそりと立っているだけだ。

「吉敷《よしき》先生、叩きのめしてくだされ。吉原会所の元裏同心ならば、いかようにして殺してもよいとわが主の許しを得ております」

「公方様の御側御用取次様のお許しがあれば、いかようにもなしてよいわな」

と板倉の配下の者が笑った。

「吉敷先生、その言葉はなしにしてくだされ」

「相分かった」

と吉敷某が答え、刀の鯉口《こいぐち》を切った。

すると仲間ふたりも見倣い、

「こやつが神守なんとかなれば、始末料として二十五両であったな」

と吉敷の仲間が朝比奈の家臣に念押しした。

「ちと安くはないか」

と三人目がだれにともなく質した。

「すべてはこやつを斃《たお》したあとのことでござる」

と朝比奈の家臣が答えて、三人が刀を抜き放った。手慣れた動きはこの者たちの闇稼業を思わせた。

その瞬間、面体を隠した着流しの男が、

すすっ
と後退した。

吉敷らはその動きを臆したとみたか、三人が阿吽の呼吸で間合を詰めようとした。

直後、相手がこんどは木刀を八双《はっそう》の如く、右肩に立てて踏み込んできた。薩摩《さつま》の御家流の示現流《じげんりゅう》で、

「蜻蛉《とんぼ》」

と呼ばれる構えだ。

「包み込んで叩き斬れ」

と仲間に命じて三人が木刀の相手に踏み込んでいった。

蜻蛉に構えられた木刀がひと筋の光になって三人の肩口に次々に襲いかかり、絶叫する間もなくその場に倒れ込んだ。

「嗚呼」

と朝比奈の家臣ふたりが立ち竦んだ。

木刀の相手は動きを止めず、ふたりに向かって間合を詰め、刀の柄にも手をかけないふたりの喉首を木刀で突いて次々に転がした。

一瞬の勝負であった。

着流しの男は朝比奈の家臣のひとりの脇差《わきざし》を抜くとその者の髷を切った。さらに次々と四人の髷を切り、ひとりの袖を引き千切ると五つの髷を入れて脇差を暗がりに投げ捨て、いずこともなく姿を消した。

吉原は四つ過ぎだが、客が駕籠や徒歩《かち》で大門前に姿を見せる様子はなかった。

また四郎兵衛が存命の折りは、大門の内側に吉原会所の若い衆が立って客を迎えていたが、今やそんな光景は見られなかった。

隠密廻り同心が詰めていた面番所からも旧吉原会所からも酒でも呑んでいるような様子が漂ってきた。

朝比奈義稙の乗物が大門前に駆けつけたとき、ひとりの女が出迎えていた。

芳野楼のお針兼遣手を務めていたぬいだ。ただ今は俵屋に移っているはずだった。

「朝比奈様の乗物ですね。そのまま大門を潜って仲之町を進み、京町二丁目の芳野楼におつけください」

とぬいが陸尺に願った。

五十間道の突き当たり、大門の高札には、官許の遊里吉原の触れが掲げてあった。曰く、

「槍《やり》、長刀《なぎなた》門内へ堅く停止たるべき者也」

「江戸町中端々に至る迄、遊女の類隠し置くべからず」

などの禁止事項の他に、

「医師の外、何者によらず乗物一切無用たるべし」

の一条が厳然と記されていた。

かような触れはかつて吉原会所が機能していたときには厳守されていた。だが、公儀の決めた禁止事項も客を若い衆が迎えることも守られておらず、そうした御免色里の変化に当然のごとく馴染客も吉原を訪問することを躊躇った。

そんな大門にぬいが朝比奈の乗物を迎え、仲之町を悠然と進んでいった。その傍らには、柳生新陰流の達人板倉無向斎がほっと安堵した表情を見せて従っていた。

半籬芳野楼は閑散としていたが、二階には灯りが点っていた。

御側御用取次の乗物は楼の前にとめられた。

「朝比奈様、こちらへ」

とぬいが二階座敷に朝比奈を案内していった。

二階にはかつて朝比奈が身分と顔を隠して登楼していた座敷に朝比奈好みの若い遊女登勢と紗世が待ち受けていた。

むろん座敷にはふたりの他はおらず仕出しの膳や酒が用意されていた。

「朝比奈様、夜分遅くにご苦労でございました」

と紗世が迎え、

「並木町の料理茶屋に三浦屋の四郎左衛門が姿を見せたそうですね。なんの手違いにございましょう」

と質した。

「荒海屋の用心棒どもがだらしなく取り逃がしたようじゃ」

「明日にもきつく懲らしめておきます」

「いや、三浦屋を先に帰したで、帰り道でな、予定どおりに始末されたであろう」

「いかにもさよう、四郎左衛門が廓に帰った様子はございません」

と紗世が言い切った。

「四郎兵衛なく、四郎左衛門も始末されたとなると、あとの町名主などどうとでもなります。朝比奈様はまずは祝いの一杯をお召し上がりください」

自らが遊女の手練手管を教え込んだ若い登勢に紗世は酒を注ぐように命じた。

「うむ、並木町の山口巴屋には南北両町奉行もおれば、三浦屋も同席しておったでな、酒を呑む気にならなんだ。馴染んだこの楼の座敷はほっと致すな」

と朝比奈が登勢に注がれた酒を、きゅっと飲み干した。

「紗世、もはやそのほうも廓の中で酒を呑むのを遠慮する要はあるまい。今晩はこの楼の最後の宵、好きなだけ呑んで三人して閨をともにしようか」

ふっふっふふ
と満足げに笑った紗世が、

「この紗世には羹《あつもの》の蓋にたっぷりと酒を注いでおくれ」

と登勢に命じた。

三人だけの気兼ねのない宴が始まった。


その刻限、元吉原会所の若い衆の金次が船宿牡丹屋の長屋に飛び込んできて、

「番方、三浦屋の旦那は今晩並木町の料理茶屋に泊まることになりましたぜ」

と報告した。

「おお、そうか。そいつは安心だ。あやつら、好き放題にしやがるからな。ともかく明日明るくなってから三浦屋にお帰りになったほうがいいや」

と仙右衛門が答えたところにこんどは澄乃が姿を見せた。

「御側御用取次の朝比奈なんとか様ですが、なんと乗物のまま芳野楼に登楼されました」

「なに、あやつ、医者でもねえのに大門を乗物で潜ったか。だれの指図だ」

「それが芳野楼のお針にして遣手を紗世の代わりに務めていたおぬいさんですよ」

「あいつ、吉原の高札を読んだことがないのかね」

「いえ、番方、これは紗世の命に従っただけですよ。もっともおぬいさんにもなにか考えがあるんじゃありませんか」

「いつもぼうっとしている女に企てがあるというか」

「はい、おぬいさんは紗世の下働きをしておりましたが、紗世に心服《しんぷく》しているわけではのうて、なんぞ考えがあって動いているように思えます」

「澄乃、買い被りすぎだ」

と小頭の長吉が言った。

「番方、小頭、もう一つ知らせがございます」

「なんでえ」

と小頭が催促《さいそく》した。

「浅草並木町からこの吉原に向かった朝比奈の一行を待ち伏せしていた者がおりまして、朝比奈の家臣ふたりと剣術家板倉無向斎の三人の配下を木刀にて叩きふせ、髷を切り取っていきました」

「うーむ、こたびは朝比奈一行を待ち受けていた者がいたか、何者かな」

「並木町に向かう三浦屋の旦那が襲われた折り、叩きふせたと同じ人物と思えます」

「澄乃、得物《えもの》は木刀と言ったな」

「はい、薩摩の御家流儀の剣術かと思えます」

「おおー」

「四郎兵衛様に謹慎を命じられているお方ではないか」

「私もそう推量しました」

「神守の旦那が江戸に戻っておられるなら、なぜわっしらの前に姿を見せねえんで」

と長吉が首を捻った。

番方の仙右衛門は考え込んでいた。

「あのお方になんぞ考えがあってのことだぜ。ともかくそのお方がわっしらの味方に加わっておられるのは心強いかぎりだがな」

「どこにおられるのでございましょう」

と澄乃がだれとはなしに問うた。

「柘榴の家ではあるまいな」

と仙右衛門が問い返した。

「柘榴の家ではございませんし、汀女様にも会われた気配はございません」

と澄乃が答えた。

「となるとどこだ」

「身代わりの左吉さんの住まいを承知なのはあの方だけです」

「というと左吉さんのところに潜んでおられるか」

「明日にも桑平様と左吉さんに連絡《つなぎ》をつけてみます」

「それがよい」

と仙右衛門が言った。

「番方、わっしら、大門内の吉原会所に戻れるかねえ」

と金次が尋ねた。

「もしあのお方が江戸におられるのならば、わっしらも会所に帰る心算で俵屋の一派と対決する覚悟で動こうぞ」

「へえ」

と金次が返答をした。

二

火の番小屋の番太の新之助は、引け四つ（午前零時）時分、閑散とした廓内の見廻りに出た。とはいえ、どこの楼も静かなもので、京町一丁目の三浦屋はすでに見世仕舞いの感じだった。腰に吹き矢を差し、松葉杖をついての歩きだ。常人とは違った歩き方で、音がした。
もはや張見世《はりみせ》には遊女の姿はなく、傍らの入口では男衆が暖簾《のれん》を下げていた。
それを見た新之助は三浦屋の裏手に回り、台所に灯りがあるのを確かめると、
コツコツ

と裏戸口を松葉杖の先で叩いた。すると、

「だれだい、もう引け四つの拍子木が鳴るよ」

と女衆のおいつの声がした。

おいつはだれかと話している雰囲気だ。

「番太の新之助でございますよ、なんぞ差し障りはありませんかえ」

「差し障りねえ、呼べるなら上客を呼んできてくれないかえ」

「上客ねえ、無粋な番太が行ったところでこちら様の御馴染はお見えになりますまい」

と応じると、中から引き戸が開かれ、澄乃が立っていた。

「澄乃さんか、おまえさんも暇のようだね」

言いながら新之助は三浦屋の広い台所に入った。

火鉢を囲んで遣手のおかねや女衆のおいつが餅を焼きながら、お喋りをしていた。

それぞれの茶碗から酒の匂いがした。

「女将のお許しさあね、旦那は並木町の山口巴屋に泊まるとさ」

とおかねが言った。

「旦那があちらにね、珍しゅうございますね」

「行きに浅草田圃で荒海屋のくそったれどもに襲われなすった。そこで帰り道は行きよりも危なかろうとあちらに泊まって朝帰りさ、そのことを旦那様の駕籠かきが伝えてきたのさ。客は少ない、今宵会った相手は公方様の御側御用取次ってんで、どう考えたって吉原の先行きはよくないよ。そんなわけでさ、女将さんのお許しでさ、餅や酒を馳走になっているのよ」

「おかねさん、よう旦那は無事でございましたね」

「おまえさんの朋輩、澄乃さんに無事だった経緯をお聞きよ」

とおいつが茶碗酒を手に言った。

新之助が澄乃を見ると、すでに女衆に話した様子の騒ぎの経緯を要領よく手短に述べた。

「ほう、木刀を携えた男衆ね。おれたちが承知の人ということですかえ」

「あのお方はこの界隈にはおられない。ただし吉原で起こっていることは承知のはずよ。ともかく見たのは一瞬だもの。それに黒頭巾に着流し、いつもの形と違うしね、なんとも言えないわ」

「そうはいっても澄乃さんの上役といっていいお方だろうが。顔を隠していようと形が少々違うとしても剣術のかたちやら動きで推察はつくよな」

「最前からおかねさんとおいつさんにそのあたりを問い詰められているの。でも、はっきりとは」

「言い切れないか。迷っているということは、澄乃さんの上役だよな、間違いない。だから四郎左衛門様の危難を救われ、今晩はあちら泊まりの判断をされた」

「と、私らが澄乃さんを説得しているんだがね、うん、と言わないのさ」

とおいつが言った。

「ご一統《いっとう》、こいつは決まりだね。だが、ひとつ気にかかることがある。なぜ、澄乃さんがその場にいたのに、なにも声をかけなかったのか」

「そこだ。明日の朝、旦那が戻られたら、分かるかもしれないよ」

とおかねが胸の中に考えがあるといった口調で応じた。

「おかねさん、こちらの旦那様は駕籠の中でそのお方を見てないと思うわ」

「そこがさ、年季の浅い裏同心と長年付き合いのあるうちの旦那様とは見方が違うところなのさ」

とおかねが言い切った。

「おい、澄乃さん、神守の旦那が江戸におられるとなれば、騒ぎはこれまでと違う方向に動くよ。芳野楼なんて半籬の遣手だった女に好き勝手させてたまるもんか」

　とおいつが吐き捨てるように言った。

「そうだといいけど」

　と応じた澄乃が、

「今晩、紗世と子飼いの振袖新造が、ふたりがかりで朝比奈って御側御用取次をもてなしているのよ」

「もはや、芳野楼は楼仕舞いさせられたんじゃないのか」

　と新之助が応じて、

「紗世の持ち物だから好き放題に使えるそうよ」

　と澄乃が答えたとき、引け四つの拍子木が三浦屋の楼内に鳴り響いた。

「引け四つったって客は数人、長いこと廓の暮らしを見てきたけど、天下の三浦屋が初めてのことだよ」

　とおかねがぼやいた。

「澄乃さんよ、芳野楼の様子を窺いながら、引手茶屋に帰らないかい」

　と新之助が誘い、澄乃が頷いた。

京・祇園。

今晩の客は茶屋一力の上客中の上客、夕月の舞と、玉水の三味線と唄を堪能した。それにしても一刻半も芸を楽しむのは、一力でもなかなかないことだった。

麻はしばし琴を前に瞑目していた。

(なにかが起こっていた)

京ではない、江戸だ。

そのことは分かっていた。だが、それがよき結末なのか、悪《あ》しき結果なのか、加門麻には理解がつかなかった。

「麻、お客はんがお待ちどすえ。挨拶をしなはれ」

と一力の女将の水木の声が聞こえて、

「はっ」

とした麻は、

「すんまへん、ただ今参ります」

と爪輪を外して身なりを整えた。

江戸・吉原。

京町二丁目の元芳野楼に不穏な気が漂っていた。二階座敷へと上がる大階段を見張る暗がりにひっそりと控えていた。

柳生新陰流の遣い手、板倉無向斎は、何者かが闇の中にいた。

気配を感じさせない者の正体は分かっていた。

この夕刻、浅草田圃で三浦屋四郎左衛門を襲った荒海屋金左衛門の一味の面々を木刀で叩きふせ、さらには四つの刻限、板倉の雇い主、徳川家斉の御側御用取次朝比奈義植の乗物を待ち受けていた者だ。

その瞬間、板倉は己の配下と朝比奈の家臣を見殺しにしても朝比奈を助けることを優先させた。一対一なれば、何者であれ斃す自信はあった。だが、朝比奈の乗物を守りつつ相手と対決するのは不利だと決断すると、陸尺に命じて、一気に吉原の大門へと走らせた。

その一行がなんとか大門にたどり着いたとき、朝比奈の情婦である紗世の知り合いの女、ぬいなる者が待ち受けて、

「乗物ごと芳野楼へ向かってくだされ」

と伝えた。

板倉とて吉原の高札に掲げられた禁止の触れは知らぬわけではない。その有名な一条が、

「医師の外、何者によらず乗物一切無用たるべし」

であった。

その有名な触れを無視することをいささか間が抜けた口調のぬいが命じたのだ。その折り、板倉は朝比奈の盟友である情婦の代弁と思っていたが、

(あの言葉は紗世の命であったのだろうか)

といまになって訝しく思った。だが、そのことをあのとき、ぬいに追及する暇はなかった。

板倉無向斎は、自慢の一剣、江戸の研ぎ師が、

「徳川家に仇をなすと評判の村正《むらまさ》、俗に千子《せんご》村正と呼ばれる一剣に間違いございませんぞ」

と密やかに告げた妖刀《ようとう》をそっと摑むと立ち上がりながら腰に差した。

むろん徳川家斉の代弁者朝比奈義稙はこの事実を知らなかった。

土間に小さな灯りがゆっくりと突き出されるように入ってきた。

板倉は咄嗟に脇差を気配もなく抜くと、左手の捻りで灯りに向かって投げた。

すると灯りだけが脇差に切り落とされて土間に落ち、それでも竹の先に挟まれていた松明《たいまつ》は小さな炎を上げて、ただ今は商いをやめさせられた中見世の土間をうっすらと浮かばせた。

何者か、と誰何《すいか》しなくとも板倉にはもはや確証があった。

旧吉原以来、官許の遊里を差配してきた吉原会所の、七代目四郎兵衛の懐刀としてこの数年、廓に大きな力を振るってきた、

「神守幹次郎」

だと思った。

さりながら板倉は神守幹次郎と白日《はくじつ》の下で対面したことはなかった。朝比奈の命のもと、吉原を支配するようになったときには、もはや神守幹次郎は吉原会所から一年間の「謹慎」を命ぜられており、いなかった。

吉原に関わるようになって、この者の名と荒業の数々を幾たび聞かされたか。どのような荒業を振るおうと四郎兵衛の信頼を失うことはなく、廓通の話では、七代目四郎兵衛は神守幹次郎を跡継ぎにするために、そのことに反対する町名主らを説得するためにあざとくも「謹慎」を命じて、神守幹次郎の不在の吉原がどのような様になるか見ていたのだということであった。

事実、神守のいない吉原を朝比奈は、

「吉原改革」

を名目に半ば乗っ取ることに成功していた。

それを神守幹次郎が阻止しようと吉原に戻ってきた気配があった。

板の間から、小さな松明が燃える土間を窺った。

芳野楼は半籬の妓楼だ。土間はさほど広くはない。その一角の暗がりにひっそりと佇んでいる者がいた。

(なんと最前から潜んでいた現《うつつ》の者を見落としていたか)

「神守幹次郎じゃな、本日の所業見過ごすことはできぬ。死んでもらおう」

と囁くように告げた板倉無向斎は自慢の妖剣《ようけん》の鯉口を切り、板の間から土間に足袋跣《たびはだし》で跳《と》んだ。

板倉がいちばん恐れる瞬間だった。

虚空にある板倉を神守ならば見落としはしまいと思った。だが、相手は動く気配はなかった。

(こやつ、神守幹次郎ではないのか)

と板倉が思いつつ、千子村正、刃渡り二尺三寸七分(約七十二センチ)の刀を抜いた。

板倉にとってこの瞬間、ぞくぞくするほどの快感が五体を包み込んだ。むろん相手の動きを凝視しながらの行動だ。

だが、対決者は微動だにしなかった。

その瞬間、相手の腰が沈んだかに見えた。

(なに、こやつは居合を遣うか)

考えもしなかったことだった。

板倉は抜き放った豪剣を八双に構えた。

相手の居合が先か、こちらの斬り下ろしが相手の首筋を捉えるのが先か。一撃必殺の勝負になった。

両者は無言のまま動かない。

長い刻限が流れていく。

どれほど時が過ぎたか。

芳野楼に飼われていた黒猫が、土間を見下ろす大階段の一角から虚空を板の間へと跳んだ。

その瞬間、踏み込みながら板倉無向斎の八双の剣が薄暗がりを斬り裂いて不動の相手の首筋を襲った。

不動と思えた相手が後《ご》の先《せん》で動いた。

腰の一剣が松明の小さな光を変じて抜き放たれ、相手の胴へと伸びていった。

黒猫がふわりと板の間に下りたとき、両者の剣が相手の体を同時に捉えたかに見えた。

「うっ」

という呻き声とともに、

「みゃう」

と猫が鳴いたとき、板倉無向斎の体が横手に崩れ落ちるように転がった。

澄乃と新之助は人影の絶えた仲之町から半籬芳野楼への木戸門を曲がった。するとと猫の鳴き声とともに異様な殺気が深夜の五丁町に漂ってきた。

「澄乃さんよ」

「黙っていて」

と澄乃が新之助に口を閉ざすように窘《たしな》めた。

次の瞬間、殺気が消えて弛緩《しかん》した気に変わった。

新之助が芳野楼に松葉杖をついて駆け出そうとするのを澄乃が袖を摑んで止めた。

「様子を窺ったほうがいいわ」

「そ、そうか。最前、朝比奈なんとかの用心棒頭板倉が芳野楼に入っていくのを見たぜ」

「あやつがだれかを斬ったかもしれない」

と澄乃が言った。

「どうするよ、待つのか」

「なにが起こったか、分かるまで動いちゃいけない」

と澄乃が新之助を引き留めた。

そのとき、芳野楼の二階座敷には火鉢がいくつも持ち込まれて、床の上に長襦《ながじゅ》袢《ばん》姿の女がふたり、そして、丸裸の朝比奈義稙が絡《から》み合っていた。三人は酒と阿《あ》片《へん》の刺激にいつも以上に官能に狂っていた。

行灯《あんどん》が座敷の四隅から痴態《ちたい》を照らし出していた。

みゃうみゃう

と鳴きながら黒猫が座敷に入ってきた。そして、その背後に黒頭巾で面を隠した着流しの男が密やかに立っていた。

だが、三人は全く気づかなかった。

侵入者が若い遊女の登勢に忍び寄り、手刀《てがたな》で首筋を叩くと気を失わせた。

「どうした」

と朝比奈が若い遊女に阿片と酒に溺れた視線を向け、その傍らにある草履を履いた着流しの裾に気づいた。

「な、何者か」

朝比奈の言葉に、

「殿様、なんぞありんしたか」

と紗世が昔使ったありんす言葉で尋ねた。

「紗世、今宵、この楼にそれがしを呼んだのはおまえじゃな」

「わちきではありんせん、殿様、そなた様がわちきと登勢を招かれたんえ」

「な、なんと」

朝比奈の裸に絡みつこうという紗世を突き飛ばした朝比奈が、床の傍らに置いた刀に手を伸ばして、

「板倉、無向斎はどこにおる」

と叫んだ。

「板倉無向斎はすでに三途の川を渡っておろう」

頭巾の下からくぐもった声が応じた。

「な、なに。なんと、そのほうは何者か」

「名を聞いてなんとするや」

ふたりの問答を聞いていた紗世が、

「か、神守幹次郎」

と漏らした。

「そなたはこの楼の遣手の紗世であったな」

「やっぱり神守か」

「紗世、吉原会所七代目頭取四郎兵衛様の仇を討つ、覚悟致せ」

「た、助けてくりゃれ」

紗世が乱れて、髷から細身の簪《かんざし》を抜こうとした。

「その簪で四郎兵衛様を刺殺したのか」

着流しの男の手の、血に濡れた刀の切っ先が紗世の心臓《しんのぞう》を深々と突き刺した。

(四郎兵衛様、仇は討ちましたぞ)

と男が胸中で告げた。そして、

「ああ、た、助けてくれ」

と言いながら刀を手に這いずって逃げようとする朝比奈義稙の首筋を鋭くも非情の剣、今宵の三の太刀が深々と斬り裂いた。

芳野楼の表で澄乃と新之助が顔を見合わせ、ふたりして芳野楼の入口を蹴破って土間に飛び込んだ。すると土間に小さな松明がかぼそい灯りを点し、その傍らに朝比奈義稙の用心棒、柳生新陰流の遣い手板倉無向斎が斃れていた。

「澄乃さんよ、二階にだれかいるぜ」

とふたりが履物を脱ぎ捨てると大階段を駆け上がり、廊下に灯りが零れた控え座敷から床の敷かれた座敷の惨劇を見て茫然自失した。

澄乃は冷静さを取り戻した。行灯の灯りを手にすると朝比奈と紗世がそれぞれ一撃で斬り殺されていると推量し、若い遊女の生死を確かめた。

「新之助さん、この女郎さん、生きているわ」

「ということは」

「その先は言いっこなしよ。新之助さん、この女郎さんを火の番小屋に連れていってくれない。私も手伝うから」

「この場はどうするよ」

「もはや私たちの手には負えないわ。火の番小屋に抱え込んだら、私は八丁堀の桑平市松様にこのことを告げに走る。そうだ、牡丹屋でこの場の模様を番方たちに知らせておくわ、このままにしておくほうがいいでしょ」

「澄乃さんよ、あの方に厄介がかからないか」

「私たち、名前も知らないのよ。もし私たちの知った人ならば、役人どもに揚げ足をとられるような間抜けはしないと思わない。ともかくこの女郎さんは生き証人だからね」

と澄乃と新之助がふたりして登勢を火の番小屋へと運び込んだ。

三

翌朝、三浦屋の四郎左衛門が大門を潜ったとき、南北両町奉行所の内与力や同心たちが官許吉原に大勢押しかけた大騒ぎがなんとか静まろうとしていた。

駕籠を大門前で下りた四郎左衛門に番方の仙右衛門が、

「仮頭取、浅草並木町にお泊まりになってようございましたぞ」

と話しかけた。

「番方、なにがあったのです。いや、私はもはや仮頭取などと呼ばれる人間ではございませんぞ」

と言い訳した。

「いえ、それがやはり、どなたかが八代目に就任なさるまで、三浦屋の四郎左衛門様が仮ではございますが、代わりを務められることになりました」

「話が分かりませんな」

大門内で四郎左衛門と仙右衛門が話していると、南町奉行所定町廻り同心の桑平市松が吉原会所から出てきて、

「おお、戻ってこられたか」

と話しかけ、

「番方、話ならば吉原会所ですればよかろう」

とふたりを会所内に招き入れた。

会所の板の間に元芳野楼の振袖新造登勢が青い顔でがたがたと身を震わしていた。その傍らに澄乃がいて、

「登勢さん、心配しないでいいのよ。あなたの話が吉原乗っ取りを阻止するのに役立つの。そう、あなたが見聞きしたことを正直に話せばあなたになにか罪咎がかかることはないと思うわ。だって元芳野楼の遣手の紗世の言いなりになっていたのよね」

「は、はい」

「ならばあなたが大番屋に連れていかれることもない、むろん奉行所の白洲に引き出されることもないわ。南と北のお奉行様が約定なされたのよ。高尾太夫のおられる三浦屋に鞍替えだって四郎左衛門様がお許しくださるはずよ」

と言って、当の三浦屋の主を見た。

「な、なにが起こったやら、さっぱり分からぬ」

と呟く四郎左衛門に、

「澄乃、おめえが奥座敷で仮頭取に昨夜からの騒ぎを報告しねえ」

と番方が命じた。

奥座敷を四郎左衛門、桑平、仙右衛門、澄乃の四人が訪ねると、昨夜、四郎左衛門が料理茶屋山口巴屋で同席したばかりの南北両町奉行、池田長恵と小田切直年がいた。

「おお、戻って参ったか」

「池田様、小田切様、なにが起こったのか私にはさっぱり分かりません。また吉原会所の仮とはいえ、頭取と呼ばれる資格はもはやございません」

と情けない声音で応じた。

「機転を利かせて山口巴屋にひと晩泊まったゆえ、そなた、命が助かったではないか、めでたいことよ」

と南町奉行の池田が言った。

ひとりだけ困惑の表情の四郎左衛門は、

「池田様、なにがめでたいのでございましょうか」

と漏らした。

「女裏同心の話を聞けば、そのほうも得心しよう」

北町奉行の小田切が言い、廊下に控える桑平市松と澄乃に目顔で、

「もう一度話をせよ」

と命じた。

桑平と仙右衛門、澄乃が吉原会所の頭取部屋、通称奥座敷と呼ばれる畳の間に入り、隅に坐った。四郎左衛門も両奉行の傍らになんとか控えた。

澄乃が何度目になるのか、昨夜来の話を要領よく告げた。

「驚きましたぞ。公方様の御側御用取次朝比奈様がさような痴態をなしたうえ、何者かに刺殺されたと申されますか」

と茫然自失した体の四郎左衛門がだれとはなしに聞いた。

「四郎左衛門、その名は以後口にしてはならぬ。また、殺《あや》めた人物がだれかなど詮議してはならぬぞ」

と先任奉行の池田が忠言した。むろん池田奉行の口ぶりは、その殺めた者の名をも承知していると言っていた。

「とは申せ、そのお方が公方様の近習を殺した、いえ、始末されたのでございましょう。ただでは済みますまい」

「三浦屋、とくと考えよ、よいか。いや、どこぞの禅寺にて修行している人物は寺に籠っておるな。つまりじゃ、この吉原におるはずもなかろう。ということはその者にかかわりなき御仁を殺すわけもなかろう。とは思わぬか、四郎左衛門」

「は、はい」

と返答をした四郎左衛門だが、未だ昨夜来の騒ぎをまるで理解している風はなかった。

「桑平、そなたが澄乃とやらの話を補え」

「はっ」

と桑平が畏まった。

「昨夜の騒ぎでいくつか、われらが見聞きしながら忘れるべき事柄がござる。よいか、三浦屋。旧吉原以来連綿と続く官許の遊里吉原に対して、模様替えやら改革なるものはなかったのじゃ」

一同心の桑平が両奉行の前で言い切った。

「そうは申されても」

と四郎左衛門が桑平に抗った。

「三浦屋、御免色里には公儀が決めた触れがあるな」

と桑平が話柄を変えて問うた。

「はい、ございます」

「例えばどのような触れかな」

「桑平様、有名なところでは医者以外、どのようなご身分のお方でも乗物駕籠にて廓内には入ってはなりません」

「おお、ここにおられる南北の町奉行も大門前で乗物を捨てられて廓内に徒歩で入ってこられた。それを昨夜の御仁は、御側御用取次の身分を僭称《せんしょう》して乗物にて妓楼芳野楼の前まで乗り入れられた」

「なんと元芳野楼の前まで乗物でお出でになり、登楼でございますか」

「そういうことだ。まさか公方様の近習がさような不手際をなさるわけもなかろう、と思わぬか」

「は、はい、それはもう」

「さて、次なる一件は芳野楼の土間にて斬り殺されていた不逞の人物は、御側御用取次を僭称する御仁の警固方を務めていたそうな。ところがこの者の刀、なんと徳川家が忌み嫌う村正、詳しくは千子村正なる刀を手に胴を斬り割られておった。公方様の近習中の近習の警固方がじゃぞ、徳川家が忌み嫌う妖刀を手にして死んでおるなどあってよいものか、のう、三浦屋」

「は、いかにもさよう心得ます」

と返事をした三浦屋四郎左衛門だが、分かったようで今ひとつ得心できず、どことなく釈然としない表情だった。そこで説明役がふたたび澄乃に代わった。

「三浦屋様、芳野楼の二階座敷での嬌態《きょうたい》の模様は最前私がさらりとお話ししましたが、ひとりの武家は丸裸、もうひとりの女衆、元芳野楼の遣手の紗世は長襦

「な、なんと、官許の吉原で阿片ですと。それはどなたさまであろうと許されざる行いですぞ」

と澄乃の言葉に応じたものの、それ以上の言葉は出てこなかった。驚くべきことばかりで四郎左衛門の頭は混沌《こんとん》として思考が停止していた。

ふたたび話し手が桑平に代わった。

「半籬の遣手の女風情と阿片に耽溺《たんでき》するなど、公方様の御側御用取次にあってよい所業ではない、と両奉行も申しておられる。つまり芳野楼の二階座敷で身罷っていた者は、公方様の近習であってよいわけはないのだ、その理は分かるな。そうは思わぬか、三浦屋」

「ようよう、なんとのう察しがつきました。つまりは芳野楼まで乗物を乗り入れた御仁などだれひとりとしておらず、従ってその者の警固方もおらず、ゆえに村正などを携えているはずもない。ましてや、阿片などを官許の妓楼で嗜むなどあろうはずもないということでございますな」

四郎左衛門が己に言い聞かせるように応じた。

「いかにもさようさよう」

と桑平が敢然と言い張り、両奉行が大きく頷いた。

昨夜、澄乃から事情を知らされた桑平は、深夜にも拘わらず、まず南町奉行池田に面会を求めて、吉原で起こった出来事を告げた。

池田奉行は桑平の言葉に驚愕して、

「たしかであろうな」

と幾たびも念押しした。

「事実でございます。それがしに告げ知らせたのは、吉原会所の女裏同心嶋村澄乃と申して浪人ながら武家の娘にございます。吉原会所の年季は浅《あそ》うございますが、師匠の裏同心の指導よろしきを得て、これまでいくつか手柄を立てております。この者の報告なれば、池田様に恥を搔《か》かせるような真似は決して致さぬとそれがしが誓います」

と答えた桑平が、

「お奉行、烏滸《おこ》がましいとは存じますが、この一件、北町奉行小田切様と共同で探索することが南北町奉行所、はたまた幕府にとってもよきことではございませぬか」

と言い添えた言葉を瞑目して吟味していた池田が、両眼を見開いて、

「桑平、内与力とともに北町奉行小田切どのにこのことを告げよ。吉原会所でお会いしていっしょに事実を確かめようとな、申せ。その女裏同心はわが手元に残しておけ」

と命じた。

未明八つ（午前二時）時分に吉原に駆けつけた両奉行は、その人物が家斉の御側御用取次朝比奈義稙であることを認めた。そのうえで老中らにその事実を知らせて、その人物が偽者であることにしたほうが家斉の名に傷をつけず、成り上がりの人物が、「御救金」に無断で手をつけて吉原を乗っ取ろうとした事実などあり得ないことにしたほうが、差し障りがないということで判断が一致した。

「池田様、小田切様、昨晩、私めは浅草並木町の料理茶屋山口巴屋に参りましたが、盟友四郎兵衛亡きあと、料理茶屋の帳簿などを四郎兵衛の娘、玉藻の代理を務める神守汀女とともに調べており、つい夜明かし致しました。そのお陰で皆々様に多大なご不便をお掛け申したことを改めてお詫び申します」

と三浦屋四郎左衛門がふたりの奉行に平伏した。

「三浦屋、われらも昨晩はあれこれと多忙でのう、夜遅く床に就いた折りにこの知らせ、まさか公方様の御側御用取次殿があり得ぬ話とは思うたが、こうして確かめに参ったところよ。女裏同心とわが配下の桑平市松の話に寸分の間違いもなかったわ。ゆえに最前の話が公儀にとっても奉行所にとっても吉原にとってもよき判断と思うた曰くよ」

と池田南町奉行が念押しの言葉を添えた。

「ご苦労様にございました。深夜、南北のお奉行様が吉原に駆けつけられるなど、旧吉原以来、二百年近くの間、なかった出来事でございます。されどお二方の敏速なるお働きの結果、公方様の近習を騙る御仁と判明致したことはなにより目出《め で》度《た》い仕儀にございます」

「おお、明晰なる家斉様の近習が官許の吉原を、『御救金』を使って乗っ取る、いや、この者は吉原改革と称していたようだが、そんな愚行に及ぶはずもないわ。ただ今、城中では老中方が急ぎ集まり、この騒ぎの後始末に追われておられる。この騒ぎに結着がつくのは数日、あるいは十日以上はかかるかもしれんがな。われらもこれから城中に馳せ参じる心算である」

と小田切北町奉行が言った。

「ご苦労様にございます。池田様、小田切様、老舗俵屋を乗っ取り、俵屋の主親子や身内を殺した佐渡の山師、荒海屋金左衛門一味は、どうなりましたかな」

「これに控える澄乃のよき判断にて桑平から南北両奉行所に伝わり、同心が動いて俵屋にいた全員をひっとらえておる。幕閣の判断次第では、厳しい処断が下されよう。されど公方様の偽近習が関わる行いゆえ、公にはできぬところもあろう」

と北町奉行の小田切直年が言い切った。

しばし一座に沈黙があった。

「ご一統様、私めの役目は終わったかと存じます。これにて失礼してようございましょうか」

と澄乃が南北町奉行と仮頭取に返り咲いた四郎左衛門に願った。

「おお、ならばそれがしも辞去致しますが宜《よろ》しゅうございますか」

と桑平市松も澄乃の言葉に倣って言い添え、

「池田奉行、このふたりとともにわれらも辞去致しませぬか」

と小田切が先任奉行の池田に質した。すると池田が大きく頷き、

「城中の談義次第では嶋村澄乃や桑平市松の証言も要ろう。そなたら、吉原会所に控えておれ」

と命じた。

「はい、畏まりました」

桑平市松が応じると、

「公方様の御側御用取次を名乗る者と紗世なる芳野楼の元遣手の言動を知る振袖新造の話を書面にしておきます」

と澄乃が言い、四郎左衛門が、

「荒海屋金左衛門一味が行った妓楼俵屋の乗っ取りと身内の殺しの模様をわが盟友四郎兵衛が書き残しておりますれば、いつなりとも奉行所に提出致します」

と言い添えた。

頷いた南北町奉行が吉原会所から辞して城中に向かった。

その場に四郎左衛門と桑平市松、番方の仙右衛門、そして澄乃の四人が残った。

「魂消たわ」

と妓楼三浦屋の主にして惣町名主にして、吉原会所の仮頭取の四郎左衛門は力が抜けたという体で呟いた。

「三浦屋、相手は自滅しおったわ」

と桑平が言った。

「さようでございましょうか。私はひとりだけのけ者にされたようですがな、今になってみれば昨夜のこの騒ぎはあのお方が仕掛けられ、一夜にして公方様の近習を後ろ盾にした荒海屋の面々を一気に叩き潰されたとは考えられませぬか」

四郎左衛門の言葉に三人が頷いた。

「わっしは、長い付き合いであの方の行いはなんでも承知と思うておりましたが、こたびの騒ぎではなにも知らなかったと言わざるを得ませんな」

と番方が告白した。

「番方、そなただけではないぞ。それがしには必ずや連絡《つなぎ》が入ると思うていたが、全くのなしのつぶてだ。一体全体、江戸に戻っていてどこに住んでおられるのだ」

と言った桑平の視線が澄乃に向けられた。

「桑平様、私もあのお方がどこへお住まいか全く存じませぬ。それよりもしあのお方が江戸におられるとしたら、加門麻様はどちらにおられるのです。京に残られましたか、それともふたりして江戸に戻っておられましょうか」

「おひとりで江戸に戻られたと私には思えますな」

と四郎左衛門が言った。

「すると麻様はおひとりで京におられますか」

と澄乃が京の加門麻に思いをはせるように言った。

「ご一統、加門麻様、おひとりではございますまい。神守幹次郎様も京に留《とど》まっておられるのです」

といつもの老舗妓楼の主の口調に戻った四郎左衛門が言った。

「どういうことだ、三浦屋」

「桑平様、あのふたりは身罷った四郎兵衛さんの言葉を厳しく守っておられるのです。一年の『謹慎』はそれがどのような曰くであれ、『謹慎』の歳月が明けるまで、一日たりとも短くすることはない。必ずや神守様も麻様も吉原会所の行く末を見つめて京で修業をしておられるでしょう」

「三浦屋の旦那、となると黒頭巾に着流しの人物はだれですね」

と仙右衛門が頭の中で推量していることを質した。

「だから、陰でございますよ、私どもが接したと思える御仁は」

「真の神守幹次郎様は京におられて、この江戸に陰の神守幹次郎様を送ってこられたと申されますか」

と澄乃が自分の胸中の考えを確かめるように質した。

「はい。陰は陰、かたちなきゆえわれらのだれとも会わず独り行動なされた」

「となればいつ神守幹次郎はわれらの前に真の姿を見せてくれるのだろうか」

「桑平様、最前申しましたぞ。『謹慎』が明けた折り、神守幹次郎様と加門麻様はこの吉原に戻ってこられます。そして、亡き四郎兵衛さんが吉原の行く末を案じたことへの答えを私どもに見せてくれるのではありませんかな」

「三浦屋の旦那、来春には会えますね」

「ああ、番方、桜の花の満開の時分に会えますよ」

と四郎左衛門が言い切った。


京・祇園。

清水寺の舞台から朝の読経《どきよう》が響いていた。

その朝は、老師の羽毛田亮禅の傍らに加門麻がいて両手を合わせて先の大火で身罷った大勢の人々の御霊を弔い怪我をした人々の回復を願い、住まいを失った京の住人の一刻も早い復興を願っていた。

神守幹次郎が京から姿を消して、麻は三日に一度は坂を登って清水寺で幹次郎が毎朝為していた老師の読経に付き合ってきた。だが、麻には一力での修業があった。昨夜は馴染の客人の要望に遅くまで琴を弾き、夕月の舞と玉水の三味線と唄に合わせた。いつもならとても早朝に起きられなかったが、麻は一刻半ほどうつらうつら眠ったあと、床を出ると身仕度をして清水寺に参ったのだ。

読経が終わったとき、羽毛田老師が、

「麻様、なんぞございましたかな」

と問うた。

「はい」

と応じた麻は昨夜感じた琴の弦がいつもとは違うことを老師に訴えた。麻の話を聞いた老師がしばし沈思し、

「普段にはない弦の張りをなんとか最後まで弾きこなされましたかな」

「地方の玉水はんの三味線と夕月はんの舞に迷惑かけんとなんとか」

「最後まで弾きこなされた」

「はい」

「麻様、茶を一服点《た》てます。うちに付《つ》き合《お》うてんか」

と老師が宿坊に麻を誘った。

四

江戸・吉原。

吉原会所に番方の仙右衛門以下、小頭の長吉ら若い衆が控えていた。そして、老犬の遠助が土間に置かれた火鉢の傍に丸まっていた。

「あら、遠助は吉原会所が元に戻ったことが分かるのね」

「澄乃よ、戻ったんじゃねえ。おれたちはここんとこ悪い夢を見ていたんだよ。遠助はどこにも行かずこの吉原会所にいたんだよ」

と小頭の長吉が言った。そして、

「番方、事は終わりましたかえ」

と番方に質した。

「小頭、おまえさんの言うとおり、事なんぞなにも起こってねえんじゃないかね」

と仙右衛門が小頭に賛意を示した。

「だってよ、仲之町を南と北の奉行所の役人たちが大勢さ、あれこれと調べ廻っているぜ。それでも騒ぎがなかったというのか」

と金次がふたりの上役に文句をつけた。

「金次、小頭が言ったじゃねえか、悪夢なんだよ」

「番方、七代目が殺されなすった。その他にも俵屋を始め、何人もの吉原者が死んでよ、妓楼が潰れた。これを悪い夢の一言で済まそうってのか」

金次が怒りを込めた口調で言った。

「ああ、おれたちは大事な命を、財産をよ、失っちまった。なぜ吉原会所がこうなったんだ、金次」

「そりゃよ、最初は御免色里なんだ、つい高を括っていたんじゃないか。それがよ、おれたちの看板の公儀のお偉いさんが出てきてよ、おれたちは大門の外に放り出された」

「七代目はおれたちより先に気づいていなすった。だからこそ、神守幹次郎様によ、ありもしない罪咎をきせて『謹慎』を命じなすった。神守様も四郎兵衛様の真意を察したから黙って『謹慎』をお受けなすった。この一年の『謹慎』で、四郎兵衛様は吉原の立て直しの下準備をしようと企てなすったんだ」

「立て直しってなんだ」

「金次、おれはなんとなく察している。だが、確かな証のあるこっちゃねえや。一年の『謹慎』の明けるのを待っちゃくれめえか。ともかく、残りの数月、おれたちが頑張ってよ、むかしの吉原を立て直すんだよ」

「悪夢に見舞われた吉原をなんとしても立て直すってか、てえへんじゃねえか、番方」

と金次が言い、

「おお、現の騒ぎを立て直すよりも大変かもしれねえな。ともかく八代目の頭取が誕生するまでなんとしても吉原会所を守り抜く。そうしなければ陰様に申し訳ねえや」

と番方が小頭たちの分からないことを言った。

澄乃は小さく頷くと、

「遠助、見廻りに行くわよ」

と老犬に声をかけた。

昼見世の刻限が迫っているというのに、仲之町には素見《ひやかし》すらいなかった。ただ、黒羽織の役人が右往左往していた。どの与力も同心もなにをなすべきか知らされていなかった。

引手茶屋も妓楼の張見世もがらんとしていた。

澄乃は遠助がよろよろと先を歩いていくのに従っていた。豆腐屋の山屋《やまや》か、桜季や涼夏のいる三浦屋に行くのかと思っていたが、遠助は水道尻の火の番小屋の腰高障子の前に止まった。

「新之助さんに会いたいの、食い物なんてないわよ」

と澄乃の声に気づいたか、中から戸が引き開けられた。すると、狭い火の番小屋の板の間の框で南町の定町廻り同心桑平市松が茶を飲んでいた。盆の上に塩饅《しおまん》頭《じゆう》が置かれていた。

「あら、まあ、男衆ふたりでお茶を飲みながら世間話なの」

「なんぞ不都合か」

と桑平が澄乃に質した。昨夜来、一睡もしていない桑平も新之助も疲れ切った顔をしていた。むろん澄乃もだ。

「桑平様、御同輩はなにを探しておられますので」

「あれか、紗世が認めた書付《かきつけ》を入れた文箱を探しておるのよ。だがよ、隠密廻り同心でもあるまいし、吉原をようも知らぬ与力同心が威張りくさって、『文箱を見せよ』と命じたところで、『はい、うちの文箱には借財や取りはぐれた金子の古証文しか入っていませんが』と出されてもよ、なんの役にも立つまい」

と桑平が応じた。

「桑平様、最後に文箱をお持ちになっていたのは、四郎兵衛様と聞いておりますが」

「ああ、それがしもそう聞いた。だが、四郎兵衛会所にも引手茶屋の山口巴屋にもそれらしきものはないのだ。四郎兵衛は紗世に殺された。その紗世は、黒頭巾に着流しの陰のお方が始末した、公方様の近習のなんとかとやらといっしょにな。この吉原乗っ取りの詳しい経緯を認めた書付の入った文箱は、もはやどこからも出てこぬのではないか」

「同心の旦那さ、そいつがなきゃあ、こたびの騒ぎの決着はつかないのかえ」

「いや、すでに判明している証でな、なんとかなろう。だが、張本人の書付があれば間違いなく荒海屋金左衛門らを獄門《ごくもん》台《だい》に送り込める。しかし、それより公儀にとって書付なんぞ出てこぬほうがよいと、ほっとしているお方がおられるかもしれんな。なにしろ、首謀者の朝比奈義稙と紗世は、あのお方が口封じなされた」

桑平の言葉に澄乃と新之助が頷いた。

そのとき、こつこつと火の番小屋の腰高障子が叩かれた。

「だれだえ、用事なら勝手に入りねえな」

と新之助が言うと戸が引き開けられ、芳野楼のお針にして遣手だったぬいが、両手になにかを抱えて入ってきた。

「おぬいさん、えらい騒ぎでしたね」

と澄乃が昨夜来の出来事に触れた。

「おまえさんと番太の新之助が見つけたってね」

相変わらずもっさりとした口調で言った。

「おお、おれと澄乃さんがさ、おめえさんが長年勤めた芳野楼の二階でさ、血まみれのふたりを見つけたのさ。その傍らに振袖新造が気を失っていやがった。そんでよ、おれたちはまず振新《ふりしん》をよ、この火の番小屋に連れてきてさ、澄乃さんがここにおられる南町の同心桑平様に、ご注進《ちゅうしん》したってわけだね」

「そうか、やっぱり紗世さんと朝比奈の旦那は死んだのだね」

「ああ、死んだよ」

「ならば要らないか」

とぬいが胸の前に抱え込んでいたものを三人に見せた。

桑平も澄乃も新之助もしばし無言でぬいを凝視していた。

「ど、どこにあったよ。その文箱、まさか、役人が探し廻っている紗世の文箱じゃないよな」

と新之助が問うた。

「わたしゃ、なんとなく見覚えのある文箱がさ、九郎助《くろすけ》稲荷社の拝殿の傍らの猫の巣箱に突っ込まれてたのを見つけたのさ。要らないなら、死んだ紗世さんの弔い代わりに燃してしまうよ」

と火の番小屋から出ていこうとした。

「待った、九郎助稲荷だと」

「ぬいさん、その文箱、紗世のものなのね」

と桑平市松と澄乃が同時に叫んで問うた。

「旦那、吉原にはね、四隅に稲荷社があるのを承知かえ。その中でも女郎衆が信心するのが九郎助稲荷だよ。紗世さんはどちらかというと開運稲荷をお参りしていたがね」

とぬいが答えた。

「ぬい、すまぬがそれがしにその文箱見せてくれぬか」

と平静を必死で保った桑平同心が手を差し出した。

「あいよ」

とあっさりと桑平に渡した。

新之助が火の番小屋の腰高障子を閉めた。

文箱の蓋を開けて一冊の書付を開いた桑平が、

「ほ、ほんものだ」

と呟いた。

「だから、紗世さんのものと言ったじゃないか」

とぬいが桑平に応じた。

「桑平様、どうなされます」

と澄乃が質した。

「こいつはな、まだ人の命を幾つも奪う力を持っている。だが、こたびのような騒ぎが二度と起こらぬためにも公にする要がある。どうしたものか」

桑平が沈黙して考え込んだ。

長い沈黙のあと、

「南町奉行池田長恵様に相談致そうと思う。どうだな、嶋村澄乃」

と澄乃の姓まで加えて呼び、質した。

「桑平様、できるだけ数少ないお方に相談すべきと思います」

「池田様ならばおひとりでお決めになろう。それでよいか」

とその場にいる三人を見廻した。まず澄乃が頷き、新之助が賛意を示し、ぬいは肩を竦めた。


京・清水寺の宿坊。

座敷に接して四畳半程度の広さの茶室があった。

老師の点前《てまえ》の茶をゆっくりと喫した加門麻から話を改めて聞いた羽毛田亮禅は、

「さて、神守幹次郎はんにとってよきことか、また吉原にとって悪しきことが起こったか、そなたが琴を弾きながら感じた不安はな、愚僧《ぐそう》の思案するところ、事が終わったということではございますまいか」

と言った。

「事が終わったとは吉兆《きっちょう》どちらでございましょうか」

「愚僧は坊主でな、占い師ではおへん。けどな、神守様のご新造から届いたそなたへの文などを勘案《かんあん》して、これ以上、官許の遊里が悪しき事態に陥るとは思えまへんのや。そやおへんか。琴の調子が悪うても麻様は芸妓ふたりの舞と三味線に付き合うて琴を騙しだまし、最後まで弾きはったやろ。それはな、神守様が事を決するために動かれ、なんとか念願を果たしはったということと違うやろか」

「吉原に降りかかっていた悪しきことを義兄が吹き消したということでございましょうか」

「愚僧はさよう考えます。考えてもみなはれ、朋輩の文にて吉原会所の頭取が惨たらしく殺されたことを知った神守様は、うちと祇園感神院の彦田はんに相談しはったのち、そなたと一力の主次郎右衛門はんに文を書かはって、東海道を下って江戸に向かわれましたな、あの折りからも長い日にちが経ちました。けど、神守様のご新造は、亭主に会うてへんと言わはる。神守様は相手の正体を知るまでだれにも会わんと独り探索をしはったんや。そしてな、昨夜、一気に動きはった。最前、言いましたがな、うちは占い師やおへん。神守様の行動の結果が吉か凶かは言えへん。麻様、吉原がこれ以上悪うなるとしたら、どんなこっちゃ」

老師の自らに問いかけるような言葉を聞きながら、麻は最後の問いに接した。

長い沈黙のあと、麻はゆっくりと首を横に振り、分からないと伝えた。

「これ以上、吉原が悪うなるとしたら公儀が遊里を潰すことや。けどな、この京を見てみい。遊里、京でいう花街はどんな時世《じせい》にもなくなることはおへん。なぜなら金欲、色欲、食欲、名誉欲、睡眠欲の五欲は人間の本性や。五欲のそろった廓をな、公儀がなくすことはおへん。神守様が長い思案の末に動かれたとしたら、麻様、悪しきことやおへん。麻様と神守様がこの京で修業したことが生きる方向でな、決したということや」

「老師、義兄はこの京に戻ってきますか」

「帰ってきはると、麻様に約定した以上、必ず帰ってきはるやろ。けど」

と老師が言葉を止めた。しばらく思案した羽毛田老師が、

「すぐやおへんやろ。ひと月かふた月後のことやな。かような騒ぎはな、後始末に時を要します。あの神守様や、じっくりと事が収まるのを待って江戸を発たれます。麻様、あんたはんはな、己の修業に専念しなはれ」

と老師が忠言した。

「老師、おおきに。うち、これから一力に戻り、奉公に励みます」

と麻が言い、茶の礼を述べた。

寛政《かんせい》四年（一七九二）の年が静かに暮れ、新たな春を迎えて半月の日々が過ぎ

ていた。

神守幹次郎は札差伊勢亀の隅田《すだ》村の別邸丹頂庵にいた。

ときに亡き先代の伊勢亀半右衛門から死の直前に譲られた五畿内摂津津田近江守助直を手に七代目の伊勢亀主人の、多聞寺の墓前でゆっくりと眼志流居合術をあくことなく遣って暇を過ごした。

この日、丹頂庵に戻ると札差伊勢亀の八代目半右衛門がふたりの手代を伴い、訪れていた。まず半右衛門と幹次郎のふたりだけで会った。

「半右衛門様、知らぬとは申せ、多忙な身の八代目をお待たせ申しましたな、お詫び申します」

と坐した幹次郎が津田助直を傍らに置いて軽く頭を下げた。

「後見、亡き父と話し合うておられたのでございましょう。神守幹次郎様を墓守にするなど親父も幸せな人間です」

と笑みの顔で言った。その顔を見た幹次郎が、

「八代目、札差筆頭行司にお就きになる覚悟ですか」

と問うた。

「ふっふっふふ」

と笑みで答えた当代の半右衛門が、

「昨日、知り合いのとある老中様に屋敷に呼ばれましてな、蔵前の札差仲間があれこれと騒いでおるようじゃ、半右衛門、そのほう、亡き父の跡目を継いで鎮めよと命じられました」

「札差筆頭行司の役目に就けと老中様が直々に命じられましたか」

「後見、こたびのこと、吉原会所の騒ぎと関わりがございますな。となると、吉原会所にて荒業を振るわれたわが後見が一枚嚙んでおると見ましたがな」

「八代目、それがし、吉原会所の陰の奉公人であったことはたしかですが、ただ今は『謹慎』の身、老中様にお目に掛かれる立場ではございませんぞ」

「さようでしょうか。南町奉行池田様と北町奉行の小田切様がその場に立ち会われておられましてな、私に、『伊勢亀の後見人は神守幹次郎なる人物ですが、老中はこの名に覚えはございませんか』と池田様が尋ねられますとな、そのお方が、『おお、上様の御側御用取次朝比奈義稙を始末した人物ではないか』と申されましてな、両奉行が慌てて、『老中、その名を口になさるのはおやめくだされ。なにより上様にこれまで御側御用取次などの職階《しょっかい》はありませぬ、また朝比奈なる人物もこの世におりませんでな』などと申されて、なんとか問答は平静に戻りました。その折り、私めに、『神守幹次郎なる人物、なかなかの逸材《いつざい》と聞いておる。半右衛門、かようなご時世じゃ、後見の神守に相談しつつ、なんとか札差商を纏《まと》めよ、それもこれも公儀にとって政《まつりごと》が落ち着くには札差、両替商などの商人の力を借りねばならぬ。よいな、半右衛門、しかと申しおくぞ』と命じられました。つまりは後見が私に札差筆頭行司の職に就けと命じられたと同じことですぞ」

「うーむ、困りましたな。それがし、未だ謹慎の身にございます」

「その『謹慎』も明けるまであとしばし」

「それがし、いま一度、京を往来せねばならぬ身です」

「加門麻様を迎えに参られますな」

「ようご存じでございますな」

にやりと笑った半右衛門が、

「まず神守様は昨年の春以来、京に逗留してこられたのです。最前の芳野楼なる妓楼の騒ぎも京におられる神守様が関わられる話ではございませんな。ともあれ、こたびの後見の京往来、うちの船を使われませぬか。後見は旅慣れておいででしょうが、麻様にはいささか難儀な旅、京の伏見《ふしみ》から三十石船《さんじつこくぶね》で摂津に出られ、うちの米を運ぶ帆船《ほぶね》で江戸に戻られるとようございましょう」

と言い切った。

しばし間を置いて考えた幹次郎が、

「話を最前の吉原の騒ぎに戻しますと、もはや危惧はないと思うてようございますか」

「詳しくは神守様の下働きをしたふたりの手代に報告させます。私から繰り返しますがただ今の公方様に、朝比奈なる御側御用取次は在籍しておらぬそうです。老中、若年寄《わかどしより》、寺社奉行、大目付《おおめつけ》、目付、町奉行と幕閣のだれひとりとして、さような人物をご存じの方はおられませんでな、吉原にて斬り殺されていた人物は、全く公儀とはかかわりなき不逞の輩だそうでございます。ついでに申しますと荒海屋金左衛門なる佐渡の山師、船問屋の主は公儀の認めた妓楼などをだまし取った罪により即刻死罪、私財没収を処断されたそうにございます」

「と申されると、吉原会所は元のままと申してようございますか」

幹次郎が念押しした。

「後見、いかにもさようです。次なる吉原会所の頭取は京におられますゆえ、そのお方が不在の間、三浦屋四郎左衛門様が引き続き仮頭取を務められるそうでございます」

幹次郎は瞑目してふたたび沈思した。長い時のあと、両眼を見開いた幹次郎が、

「半右衛門様、なにからなにまであり難く存じます。感謝の言葉もございませぬ」

「神守様、お忘れなく。札差伊勢亀の後見は神守幹次郎様ということを」

「承知仕《つかまつ》りました」

と言った。

「ならばふたりの手代を呼びますがな、ふたりからはさほど珍しい話はありますまい。神守様がお聞きになって、ご苦労でしたと申されるならばそれで事足ります。伊勢亀の後見として神守様がお働きになる間はふたりの手代を神守様の配下としてお使いください」

と半右衛門が言い切った。

丹頂庵の庭の老木、早咲きの桜が三分ほど咲いていた。

「七代目が亡くなられて二年ですか」

「はい。親父が身罷った折りもこの老桜が咲いておりましたな」

とふたりは桜の花に視線を彷徨《さまよ》わせて無言で眺めていた。

第五章　業の人

一

京・清水寺。

朝ぼらけの京の町のあちらこちらに桜の花がうっすらと咲き始めていた。

この未明、加門麻はもはや通いなれた四条通と花見小路《はなみこうじ》の角にある一力から清水寺に上り、老師羽毛田亮禅の読経の傍らに控え、瞑目合掌して先の大火で焼死した大勢の人々の供養を為していた。

この朝、なぜか音羽《おとわ》の滝の音がいつもと違って聞こえた。

薄靄《うすもや》がそよ風に漂い、うっすらとした朝の光の中、清水寺一帯の桜もその存在を見せていた。

麻は合掌して老師の読経を聞きながら無念無想を心掛けていた。だが、その朝は心が乱れていつもとは違っていた。

不意に傍らに人影が立ち、老師の読経に小声で合わせ始めた。

（嗚呼ー）

と思った。

麻はひたすら天明の大火に見舞われて亡くなった大勢の人々を供養することに集中しようとした。

老師の読経が終わった。

麻は瞑目合掌した姿勢のままにいた。

「よう戻って参られた」

と老師の声が三人目の人物に声をかけ、

「いや、今朝は少しばかり遅れはっただけやったな」

と言い直した。

「つい刻限に遅れてしまいました」

と答える幹次郎の衣服から汗のにおいがした。そのとき、麻は幹次郎が徹宵して東海道を駆け上ってきたことを感じ取った。

「滝の水に打たれて身を清め、この場に上がってくるのが遅れはったか」

と老師も質した。

「はい」

「茶を一服差し上げたいがおふたりして付《つ》き合《お》うてくれはりますか」

「すでにご承知のように昼夜を問わず、山歩きしていましたゆえ、いささか五体が汚れておりまする。それでもようございましょうか」

「うちらは生涯の修行僧どす、においくらいかましまへん」

と老師が応じて麻が、

「義兄上、いささかどころではおへん。旅籠《はたご》には泊まらんと旅してきはりましたんか」

と質した。幹次郎がすまん、と詫びて、

「それがし、音羽の滝で身は清めたつもりだったが、衣服のにおいは消しきれなかった。老師、別の日に致しましょうか」

「神守様、最前、返事はしましたえ。うちも麻様も話が聞きとうおす。においは我慢しまひょ」

と老師が応じて、麻が声もなく笑い、

「義兄上、我慢するのは老師とうちだけどすえ。他のお方にこの姿でお会いしたら、嫌われます」

麻が両眼をゆっくりと開いて薄靄に咲く桜の花を見た。傍らの人の体からは旅塵を消さんと音羽の滝にひと晩じゅう打たれていたような冷たさが漂ってきた。

「麻様はどないや」

「老師のご厚意、義兄神守幹次郎と一緒にお受けしとうおます」

「ならばわが宿坊に参りましょうかな」

と老師がふたりを誘い、老師の茶室が設けられた宿坊に落ち着いた。

幹次郎が無言で老師に深々と頭を下げて京の不在を詫び、その眼差しを初めて麻に向けた。黙ったまま、

(戻ってきた)

と幹次郎が言い、

(よう戻られました)

と麻が答えていた。

幹次郎と麻の間にはそれ以上の「言葉」は不要だった。

老師がゆったりと茶を点て、まず幹次郎に振る舞った。

「頂戴します」

と茶道の作法に適《かな》うかどうか知らずして、そう声を発して茶を喫した。なんとも甘く茶が感じられた。

老師は神守幹次郎が江戸にてなんらかの所業を為したことを察していた。そして、幹次郎がこの業を負って生きていくことを承知していた。

「終わらはったか、あちらのご用は」

老師は麻に点前をする前に幹次郎に質した。

「はい」

と短く返答した幹次郎は、官許の遊里吉原を乗っ取ろうとした首謀者が、将軍家斉の御側御用取次であったことを告げた。そして、差し障りのないところで吉原が経験したこの数月の出来事を掻い摘《つま》んで告げた。

「公方様の近習はんどしたか、吉原の乗っ取りを謀られたんは。禁裏《きんり》の公卿《くぎょう》衆にはそんな力はおへんな」

と老師が苦笑いをし、

「神守様、あんたはん、独りで始末されましたんか」

「それがし、あれこれと考えてわが女房を始め、吉原会所の仲間や知り合いのどなたの力も借りぬ決意で江戸に入りました。とは申せ、それがし、独りではどうにも身動きひとつできませぬ。お一方に密かに会うて助勢をお願い申しました」

「どなたはんやろ、うちが聞いて分かるお方やろか」

と羽毛田亮禅が首をひねり、

「ひょっとしたら三井越後屋の隠居はんやろか」

と言い添えた。

幹次郎が顔を横に振り、

「麻、そなたが世話になったお方のお力を借りた」

と麻を見ながら応じると、

「えっ、うちの知り合いどすか」

と考え込んだ。そして、

「うちも三井越後屋の隠居はんしか思い浮かびまへん」

「麻、楽翁様はもはや生臭い騒ぎには関わらぬわ」

と麻の推理を否定した。

長いこと沈思していた麻が、

「吉原と格別な関わりのあるお方ではおまへんな」

と呟き、

「そや、ひょっとしたら、札差伊勢亀の当代の半右衛門はんどすか」

「そういうことだ。隅田村の別邸丹頂庵に住まいさせてもらい、下働きとしてふたりの若い手代どのをつけてもらった。ゆえにそれがし、吉原界隈に出入りせんでも、吉原会所が陥った事態は察せられた」

と言うと麻が大きく頷いた。

「そや、義兄上は、札差伊勢亀の後見どしたな」

幹次郎は麻の問いに頷き、

「当代は、それがしの用事を直ぐに察せられた。吉原会所を支配下に置いたら、公方様の御側御用取次朝比奈某の手はいずれ札差やら両替商に伸びてくるとな。吉原の苦境を救うことは、私どもの危難を未然に防ぐことと申されて、快く助勢をしてくださったのだ」

と幹次郎は答え、事情の分からぬ老師に、

「ああ、老師、加門麻が薄墨といった吉原の花魁の折り、先代の伊勢亀七代目に世話になっておりました。そんな関わりでそれがしも吉原会所の陰の身分でありながら、江戸の札差百余株の筆頭行司の半右衛門様と縁がございました。七代目が身罷る直前にそれがしを手先にして、麻を落籍した縁もございました。そんなわけで、それがし、札差の伊勢亀の先代の死の前後、お付き合いをさせて頂きました。先代が亡き今、察する人物がいるとしたら、吉原の老舗の妓楼三浦屋の四郎左衛門様か、わが女房でしょう。他の知り合いは、それがしと伊勢亀の結びつきを存じませぬ」

と老師に説明した。

「神守様、あんたはんはなんとも不思議な人物やわ。江戸の札差筆頭行司というたら、ただ今の京大坂《おおさか》にもおらへん分限者やろ。昔やったら異国と商いしはった茶屋《ちゃや》一族のような御仁やがな、それを一介の」

「素浪人が知り合いとはおかしいと申されますか」

「いや、もはや愚僧は、神守幹次郎はんの才と人柄をよう承知していますがな。祇園もあんさんの世話になりました」

と老師が言い切った。

「ともあれ、伊勢亀の当代の後見がそれがしと知る者は江戸にもそうおりませぬ」

「この次、うちが神守幹次郎はんと会う折りは、江戸の吉原会所の八代目としてやな」

「さあて、どうでございましょう。それがし、未だ『謹慎』中の身です」

「それもそろそろ明けると違いますか。そないなったら、あんさんらふたりとお別れや、京は急に寂しゅうなりますな」

と言った羽毛田亮禅が麻に点前を始めた。

「義兄上、真に姉上とも会わなかったやろか」

麻が自問するように呟いた。

「会わなかったな。ただし、汀女にそれがしが江戸におることを密かに告げたゆえ、姉様は近く会えることを承知していよう」

と言った幹次郎は、祇園感神院の「蘇民将来子孫也」の護符を伊勢亀の手代の手から澄乃を経て渡した経緯を告げた。

「ならば姉上は承知やわ」

「それがしが祇園感神院の神輿蔵に住んでおることを姉様は承知ゆえな。そうだ、祇園になんぞ難儀はないか、それがし、この数月、京にいながらにして仕事をなにもしておらんでな」

「義兄上、そう頑張りはらんとよろしゅうおす。うちが琴の稽古を少しばかりしましてな、芸妓の立方はんやら地方はんらと仲良うなったくらいや」

と麻が応じると、

「神守様、今や一力の売れっ子は琴を弾く麻様や。どや、吉原に戻って難儀せんと、京でもう少し楽しんでいかへんか」

と老師が本気で麻に乞うた。

茶を馳走になったふたりは清水寺からまず幹次郎の住まいの祇園社の神輿蔵に戻った。

「幹どの、まず湯屋に行っておくれやす。そのあと、髪結さんに立ち寄ってさっぱりせんと、だれにも会えまへんえ」

と麻が神輿蔵に用意していた時節の衣装一式を持たせた。

「さっぱりしたところで祇園社の執行彦田行良様に挨拶に参る。そのあとな、一力に無沙汰を詫びに参ろうと思う。それでよいか」

「結構どす。そんでな、旅着は、湯屋に預けておいておくれやす。うちが取りに伺いますよって」

と麻が命じた。

幹次郎は神輿蔵から西楼門の石段に立って久しぶりの祇園を見下ろした。

(結局それがしはこの祇園でなにをなしたのか)

という想いに囚《とら》われた。

「幹どの、どうしはったんどす」

「うむ、われら、一年の修業期間になんぞ得たものがあろうかとな、この場に立ったとき、頭にそんな想いが湧き起こったのだ」

麻が考え込んだ。

長い沈黙があって、麻は首を横に激しく振った。

「幹どの、違います。京で見聞したものはいつの日か吉原の再興の折りに役に立ちます。幹どのは、祇園と吉原の厳しい情況を剣でもって解決されました。それは決して幹どのが望んで血を流したのではありますまい。それしか吉原もこの祇園も難儀を取り除く道がなかったのです。それだけでも私どもは京に来た価値がありました。必ずやのちのち役に立ちます。と、思いませんか」

と麻が幹次郎を見上げた。

幹次郎も沈思し、

「それがし、分かり切ったことを迷うておったようじゃ。つまらん迷いであった。

「神守様、やおへんか」

麻に教えられたわ」

と言う手を麻が握った。

「幹どの、明朝、いつもより早く一力を出ます。神輿蔵に寄ります。麻を抱いてくださいまし」

幹次郎は麻の顔を見下ろし、頷いた。


幹次郎は祇園町の一角にある馴染の湯屋に顔を出した。すると番台に坐っていた女衆が蓬髪《ほうはつ》に旅塵《りょじん》にまみれた幹次郎をしばらく黙り込んで見ていた。においに湯に入るのを断るかどうか迷ったのであろう。不意にその客が知り合いと気づき、

「神守様、やおへんか」

と質し、

「いかにも神守幹次郎でござる。未明、清水寺の音羽の滝にて体は清めたつもりじゃが、着っぱなしの衣服のにおいはどうにもならぬ。汚れた衣服は一力の義妹の麻が取りにくるそうじゃ。かかり湯をしっかりと使って体を清めるで湯に入れてはくれまいか」

と幹次郎が願った。

「むろんです。まさかお馴染の神守様とは思わへんかったんや。どないしてはりましたんや、旅に出てはると噂に聞いておりましたがな」

と女衆が念押しして問うた。

「修行僧の真似を致し東山、北山、西山とひたすら歩いておった」

「なんやて、千日回峰をしはったんどすか」

「さようにきびしい修行はできぬ、僧侶の真似事をしたらかようなにおいだらけの身になったのだ」

「神守様、湯銭など要りまへん。湯に入って疲れとにおいを落としなはれ」

と許しを得て幹次郎は馴染の湯屋で着っぱなしだった旅装を脱ぎ、かかり湯をたっぷりと使って湯船に行った。

すると、祇園感神院の氏子中の氏子、輿丁頭《よちょうがしら》の吉之助《きちのすけ》が湯気の向こうから幹次郎を笑みの顔で迎えた。

「ふっふっふ、千日回峰の真似事をしやはったんか。うちはまた江戸に駆け戻りはったと聞いておりましたがな。まあ、なんでもよろし、神守様が祇園に戻ってきたんはうれしいかぎりどす」

と歓迎してくれた。

「相湯を願おう」

と湯船にゆっくりと身をつけ、ふうっ、と思わず息を吐いた。

吉之助のかたわらに瞑目して湯に身を委ねた。

「輿丁頭、祇園に異変はござらぬか」

「神守様が始末をつけはったがな、あんな騒ぎ、毎回は御免どす。今年の祇園会《ぎおんえ》はおだやかに迎えられそうや」

どうやら今年の祇園会の仕度が始まっている口調だった。

「それはなにより」

「今年も頼りにしてます、と神守様に願《ねご》うても無理やろな。江戸に戻られはりますな」

「それがしと義妹の麻、一年の猶予にて京の花街に奉公に出された身でござる。吉原会所の頭取四郎兵衛様が身罷られましたゆえ、われら、なにがなんでも江戸に戻らざるをえませぬ」

と幹次郎が言った。

「巷の噂やで、吉原会所の頭取はんが殺されたちゅう話や、こたびの神守様の不在は関わりがおますんか」

幹次郎が頷き、

「頭、それがし、番台の女衆に申したように京を離れず、東山、北山、西山と回峰していたことにしてくれませぬか」

吉之助がしばし考え、

「さようか、江戸で荒事をしのけはったか。分かりましたわ。祇園の連中にうちからそう伝えておきます。安心しなはれ」

と言い、話柄を変えた。

「神守様、麻様の琴や、一力の評判どっせ。地方の玉水と立方の夕月の三人の京舞がな、大評判ですわ。うちら、一力はんの座敷に上がるほどの身分やおへん。一度聞きとうおす、けど祇園町人の身ではあきまへんな」

と吉之助が嘆いた。

「吉之助どの、それがしも三人の芸を見たことはござらぬ。われらが江戸へ去る前にさような機会が作れるよう努めてみよう」

「おお、そうしておくれやす」

と湯船の中で話がなった。

幹次郎は一力の女衆が麻の願いで届けた、真新しい下着と麻が神輿蔵の部屋に用意していた春着に身を包んでこちらも馴染の床屋に行き、髷を洗い、長く伸びた髪を切って結い直してもらった。

「神守様、これでな、どなたはんに会われても恥ずかしことはおへん」

「やはり、においと汚れはひどいものであったようだな。それがし、着た切り雀ゆえ気にもしなかったが、京の町を危うく穢《けが》すところであった。礼を申す」

と幹次郎は言い、さっぱりとした形で祇園感神院に戻り、禰宜総統の彦田執行に面会し、清水寺の老師に報告したと同じく、江戸での出来事と始末を話した。

長い話を聞いた彦田執行が、

「寂しゅうなりますな。近々神守様と麻様にお別れやなんてな」

と嘆いた。

「江戸もあれこれとございまする。われら、たった一年の京の修業、いえ、見聞が少しでも吉原の再起に役立つことを願うております」

「神守様、修業も見聞もその人次第どす。あんたはんらふたりの経験はな、必ずや役に立ちます」

と彦田執行が言い切り、幹次郎はただ頷いた。

夕暮れ前、幹次郎は一力茶屋の裏口の敷居を跨《また》いだ。するとそこに幹次郎の来ることを予測したように麻が待ち受けていた。そして、無言で幹次郎の髷から足元までじっくりと眺めて、

「ようようふだんの神守幹次郎はんに戻られはりましたわ」

と漏らした。

「この姿なら主ご夫婦に面会できようか」

「裏口から入らんと表から暖簾を潜ってきてもよろし」

「いや、それがしはこちらが気楽でな、馴染もある。ご挨拶致そう」

と五畿内摂津津田助直を抜いて右手に携えた幹次郎は、台所から一力茶屋の帳場座敷に向かおうとした。

「幹どの、本日は離れ屋に案内《あない》します、皆さん、お待ちやよってな」

と麻が言い、案内に立った。

二

一力茶屋の離れ屋に祇園の旦那衆が待ち受けていた。

むろん、一力茶屋の主の次郎右衛門、京・三井越後屋の大番頭《おおばんとう》の三井与左衛門《よざえもん》、祇園で老舗の置屋《おきや》を営む河端屋芳兵衛《かわばたやよしべえ》、同じく祇園の揚屋《あげや》の一松楼数治《いちまつろうかずや》の四人は承知の顔だった。だが、ふたりは初顔だった。

幹次郎は座敷に入る前に廊下に坐し、

「祇園旦那衆、お久しゅうございます。それがし、いささか考えるところありて東山、北山、西山と回峰の日々を過ごしておりました。お断りもせず申し訳なきことにございました」

と頭を下げた。

「神守様、そう言うしか江戸の手前、あきまへんか」

「三井の大番頭どの、それがしの陽に焼けた顔をご覧になればお分かりのごとく、人にも会わず山歩きの日々にございました。与左衛門様は、なんぞ違った話をお聞きになりましたかな」

と幹次郎が聞き返した。

「神守様、京と江戸は遠うおす、けど近いとも言える。いえ、話が伝わることがな。それだけふたつの都を結ぶ東海道を大勢の人が往来してますがな」

幹次郎は黙って三井与左衛門の話を聞いていた。

「あんたはんは、京の山歩きをしていたと言わはる。江戸からの噂によると、公方様、家斉様の近習、御側御用取次の朝比奈某が吉原の半籬ですっ裸で斬り殺されたとか」

「それは一大事にございますな」

「まあ、神守様は京にいては、いくら長い手でも伸ばせませんわな」

「まあ、無理にございましょう。それより本日の集いは、新しい祇園旦那七人衆の集いでござろうか」

　と幹次郎が話柄をこの場に振った。

「おお、あんたはんの知らんお方がおふたりおられますな。先おととしの吉符入《きっぷいり》前夜に四条屋儀助《しじょうやぎすけ》はんが身罷られたましたな。その代わりに祇園の芝居小屋四条中村座《なかむらざ》の座元《ざもと》中村丙兵衛《へいべえ》はんとな、一昨年には猪俣屋候左衛門《いのまたやそうざえもん》はんが禁裏に関わりの不善院三十三坊《ふぜんいんさんじゅうさんぼう》なる殺し屋に殺されて不在になりましたな、候左衛門はんの嫡子がこたび先代の名を継がれたのを機会に、祇園旦那七人衆に加わってくれましたんや」

　と一力の次郎右衛門が中村丙兵衛と若い候左衛門を紹介した。

「神守幹次郎はん、四条中村座の中村丙兵衛どす。うちは神守様のお顔を幾たびもお見掛けしています。今後とも宜しゅうお付き合いのほど願います」

と初対面の挨拶を如才なくなし、幹次郎も、

「京のことはなにも知らぬ江戸の野暮侍にござる。どうかわが言動に差し障りのある折りは、厳しくご注意くだされ」

と願った。

「うちは神守様と初めてどす。けど、親父の仇を討ってくれはったお方が江戸の吉原から参られた神守幹次郎様と承知しています。神守様、なんとお礼を申してええんか、言葉もおまへん。このとおりどす」

と若い猪俣屋候左衛門が頭を畳につけるほど下げた。

「猪俣屋候左衛門様、なんぞ勘違いをなされておられるようじゃ。それがし、いたって生き方が不器用でござってな、そなた様の親父様の仇を討つなど、さような力は持っておりませぬ。どうかお頭を上げてくだされ、ともあれこれに懲りずにお付き合いのほど願い奉ります」

と応じた。

それでも猪俣屋候左衛門は平伏していたが、ゆっくりと顔を上げて、

「一力の次郎右衛門はん、うちはだれがなにを申されようと、うちができんこと

を神守様がしてくれはったと信じてます」

と言い切った。

「それでよろしい。けどな、猪俣屋はん、うちらの間ではこの話、胸に仕舞《しも》うてな、お付き合いを致しましょう。それでよろしいな」

「はい」

と若い候左衛門が返事をした。

「この神守様とうちら祇園の付き合いは今後ともに続きます」

と三井与左衛門が言った。

「神守様と義妹の加門麻様は京に一年逗留するんと違《ちご》うたんかいな」

と置屋の河端屋芳兵衛が三井越後屋の大番頭に質した。

「そや」

と頷いた与左衛門が、

「うちらと神守幹次郎はんと加門麻様が出会《でお》うて、そろそろ一年どすがな。ほやからうちらはいったん別れます。ここからな、神守様の許しも得んと勝手な話をさせてもらいます、よろしおすか」

と一同に質した。

だが、だれもなにも答えない、勝手な話がなにか分からない以上、だれも答えられなかった。そこで与左衛門が言葉を続けた。

「江戸の官許の遊里を取り仕切る吉原会所の八代目頭取には、この神守幹次郎様がなりはるんや」

との突然にして思いがけない話に、

「えっ」

「そないな話どしたか、うち、聞いてへんがな」

と驚きの言葉が旦那衆の間から漏れた。

驚いたのは幹次郎も一緒だが、顔にはなんの感情の変化も見せなかった。というのも三井越後屋の大番頭は、神守幹次郎の行く末を祇園旦那七人衆が秘することを共有し、新たにふたりが加わったこの集いを強固なものにしようと考えてのことではないかと、幹次郎は想像逞《たくま》しく考えたからだ。

「どういうことや、三井の大番頭はん」

一松楼数治が質した。

「ええかいな、江戸の御免色里を仕切る神守幹次郎はんと、この祇園旦那七人衆とは今後ともに深いつながりを持って付き合いをしていくということや。ただ今祇園旦那七人衆は、去年妾宅で殺されはった中兎瑛太郎《なかうえいたろう》はんの代わりを入れてまへんな。つまり六人衆ですがな、そこでな、うちと一力の次郎右衛門はんが話し合うて、七人目はこの神守幹次郎はんにしたらどや、ということになったんや」

さすがの幹次郎も愕然とした。

「大番頭どの、それがし、近々江戸に戻らねばならぬ身ですぞ」

「やから京と江戸は遠くて近いと最前うちが言うたんですわ。ふだんは祇園旦那七人衆やのうて六人衆やけど、なんぞあれば江戸から八代目四郎兵衛こと神守幹次郎はんが駆けつけて参られましょう。つまりや京の花街と江戸の御免色里はこれまで以上に深いつながりを持つということや。どないだす、ご一同、この話は」

「気に入りましたで」

と河端屋芳兵衛が即答した。

「なんとも心強い朋輩やがな」

と新しく加入した中村座の丙兵衛が賛意を示した。

「しばしお待ちくだされ。それがし、未だ身分は吉原会所の裏同心なる曖昧としたものにござる。それが京の旦那衆のひとりに名を連ねてようござろうか」

と幹次郎が次郎右衛門を見た。

「神守様、あんたはんと麻様は、よう頑張ってはるがな。けどな、京での奉公はたったの一年や、今後が肝心やがな。京の芸事を吉原に移すことも今後考えんといかんわ、そうだっしゃろ。また江戸の商いをうちらが見倣うことも大事なことや。その折り、祇園旦那七人衆のひとりに神守幹次郎はんの名があるのは江戸の吉原と京の祇園の双方にとってええことと違うか」

と言い切った。

次郎右衛門は、幹次郎が吉原会所の八代目になる折りは、当然四郎兵衛の名を継ぐことになる。そこで京の祇園旦那七人衆には本名で加われと言っていた。

「次郎右衛門様、ご一統様、この話、しばし考える暇を頂戴しとうございます」

「考えなはれ、それでよろし」

とこの話は終わった。


その夜、加門麻は幹次郎と神輿蔵に行き、泊まった。

祇園の旦那衆五人を見送りに出た一力の女将水木は、傍らに立つ麻に小声で囁いた。

「神守様、何月ぶりかに神輿蔵に泊まりはるんや。なんの仕度もできてへんやろ。義妹の麻が手伝《てつど》うてやりなはれ。明朝、あんたは清水寺に行かんでええやろ、羽毛田老師の読経に付き合うお方が戻ってこられたんやさかいな。もはや夜半のこっちゃ、あんたは朝になってからうちに戻ってきぃ」

麻が水木を見ると目顔で無言の言葉を繰り返した。しばし間を置いた麻が、

「女将はん、そうさせてもらいます」

と淡々とした言葉で応じた。

そんなわけで幹次郎と麻は祇園感神院の神輿蔵の二階座敷に戻り、麻が寝床を仕度した。

幹次郎は一力から神輿蔵に戻る途次、一言も言葉を発しなかった。だが、麻の手をしっかりと握って神輿蔵に戻ってきた。

幹次郎は津田助直を寝床の傍らに置いた。羽織の紐を外す幹次郎の背から麻が羽織を脱がせた。そして、背から両手を回して、

「幹どののおらん京は、寂しゅおした」

と嘆いた。

幹次郎も背から回された麻の手を自らの両手で握りしめたが無言だった。

「幹どの、江戸におるとき、真に伊勢亀の丹頂庵におられましたんか」

「麻、そなたは察すると思うておった」

「はい。うちらの思い出の場所どす。幹どのは姉上をお呼びになりとうおへんどしたか」

「会いたかった。だがな、こたびの江戸滞在は些細なことでもしくじりはできんでな。姉様には江戸におることを伊勢亀の手代孟次郎どのを通じて、祇園社の『蘇民将来子孫也』の護符を澄乃に渡してその意を告げるにとどめた。澄乃が姉様にこのお札の意を尋ねるのは察せられたからな」

しばし麻の口から言葉が漏れなかった。幹次郎の背に麻は顔をつけて、

「麻は、姉上を裏切った遊女どす。悪い女子どす、そんな麻を許してくれはった」

「麻、われら三人は世間の男と女子の関わりと違う。そなたとそれがしの情愛は汀女が勧めてくれて始まったことぞ」

ふたたびふたりの間に沈黙の時が流れ、

「うちは大火事の折り、幹どのに命を助けられて以来、幹どのが好きどした」

「麻、もうよい」

胸の前の麻の手を外した幹次郎が麻に向き合うと床の上に麻を抱いたまま倒れ込んだ。幹次郎の手が麻の襟元から差し入れられ、かたちのよい乳房に触れた。

「ああー」

と麻が呻いて自ら帯を解《ほど》き始めた。

激情の一夜が始まった。


夜じゅう、情愛に狂ったようにすがりついてきた麻を幹次郎は祇園感神院の西楼門まで見送り、

「麻、京にてなすべきことがあるなればなしておくのだ。半月ほど京にいて江戸へ戻ることになる」

と告げた。

「あの東海道を江戸へ下っていくんどすな」

「いや、案じることはない。伊勢亀の帆船が摂津沖でわれらを待ち受けておる。伏見から三十石船で大坂に下り、大船に乗り換えて江戸へ向かう。もはや麻は歩く要はない」

「うちら、伊勢亀のご隠居、当代の半右衛門様の親子に世話になりますな」

「それがしもそう思うておる。吉原会所の八代目頭取にそれがしが就くとは言い切れぬ。じゃが、伊勢亀がなんぞ危難に見舞われた折り、それがしは後見として命を張っても働く覚悟だ。これはそれがしの死の日まで続く」

「はい」

と麻が応じて名残り惜しそうに幹次郎の手を離して四条通を西へと、一力に向けて戻っていった。

幹次郎はその背を見送り、清水寺に向かった。

この朝、羽毛田老師の勤行《ごんぎょう》に付き合った幹次郎は、音羽の滝へと下りた。すると産寧坂《さんねいざか》の茶店のお婆《ばば》おちかと孫娘のおやすが驚きの顔で幹次郎を迎えた。

「神守はん、帰ってきやはったわ」

「おやす、言うたやろ。なにがあろうと神守はんはこの京に、麻はんを迎えに必ず戻ってきはるてな。麻はんな、神守はんに代わって清水寺の老師はんの勤行に付き合いはったわ。そんで、うちらとこの音羽の滝で会うて、うちの茶店で茶を喫して一力に戻りはるのが習わしやったわ」

とおちかが言った。

「麻はんもすっかり祇園に馴染みはりましたな」

「神守はん、いま祇園で芸妓の夕月はんと地方の玉水はんの京舞に麻はんの琴が加わった遊芸がえらい人気やがな。江戸で頂きを極めたお人は、どこへ行っても通じますな」

「お婆どの、それがしもさような話を聞かされました。おふたりの芸妓衆の踊りと三味線、唄がしっかりとしておるから、麻の弾く琴の調べがよう聞こえるのでござろう」

「神守はん、それは違いますえ」

と孫娘のおやすが言い切り、

「うちらが神守はんと知り合《お》うて一年近くになりましたがな、麻様の人柄と芸はほんものどす。ほんまにおふたりして、江戸にお帰りになるんどすか」

と尋ねた。

「致し方ござらぬ。われらに許された猶予は一年の約定でしたからな」

「寂しゅうなるわ」

とおちかがしみじみと漏らした。

茶店で久しぶりに抹茶を馳走になった幹次郎は白川沿《しらかわぞ》いにある禁裏門外一刀《きんりもんがいいっとう》流《りゅう》の観音寺《かんのんじ》道場を訪ねた。すると珍しく十数人の門弟《もんてい》たちが稽古をしていた。そして、その中に京都町奉行所目付同心の入江忠助《いりえただすけ》がいた。むろん道場主の観音寺継麿《つぐまろ》は、いつものように狭い見所《けんじょ》に坐して上体《じょうたい》を脇息《きょうそく》にもたれさせていた。

「おお、珍しき御仁の到来かな。そなた、江戸にて荒業を振るったようじゃな、京都町奉行所の仲間が噂しておるわ」

「入江どの、ご朋輩はなんぞ勘違いをしておられますぞ。それがし、修行僧を真似て東山、北山、西山と京の山々を跋渉《ばっしょう》しておりました。ゆえに足はがたがた、木刀はひと振りもしていませんでな、本日は見物させてもらいましょう」

幹次郎の返事を聞いた観音寺が、

「ふわっはは」

と笑った。

「観音寺先生、なんぞおかしゅうございますか。それがしとて京に来た以上、京らしき修行をと思うて僧侶方の千日回峰を少しばかり真似てみましたのでござる」

「神守幹次郎さん、師匠を始め、われらとてそなたの立場では京におったと抗弁するしかあるまいな。なにしろ公方様の御側御用取次どのを吉原の妓楼の座敷で斬り殺したのじゃからな。さような剣呑な剣術家は吉原会所の裏同心どのしかおらぬわ」

と入江が言った。

すると門弟衆から驚きの声が上がった。

「ほれほれ、入江どの、冗談を真に受ける若い門弟衆もおられます。さようなお言葉は差し控えてくだされ」

「神守さんとそれがしの間柄に冗談など入る余地はないわ。ここにいる門弟は神守幹次郎さんの信徒と言うていい連中ばかりじゃぞ。で、ございましょう、観音寺先生」

「入江、この京にも江戸に通じておるものもおろう。神守どのが京の山々を跋渉して千日回峰の真似事をしていたというのなら、そういうことよ。おお、入江、そなたも神守どのの山歩きに付き合うて音を上げたのではなかったか」

「なんと、先生、京都町奉行所の目付同心のそれがし、神守幹次郎さんの山歩きに付き合い、数日ももたなかったと申されますか」

「そういうことである。目付同心が神守どのに同行したのだ。江戸の騒ぎなどどなんら関わりはあるまい」

「観音寺先生に念を押されますと、それがし、そのような気になりました」

入江忠助がようよう観音寺の言葉に従うと応じた。

「気になっただけではない、そなたがよろよろと山歩きで腰砕け足を震わせる姿で道場に戻ってきた一月あまり前の光景をこの場におる弟子全員が見ておるわ」

「うーむ」

と言った入江忠助が、

「よかろう、千日回峰の真似事をなした神守幹次郎さんと久しぶりにお手合わせ願おうか。だれか、神守さんに木刀を」

と言いかけたが、

「いや、いかん。木刀はならん、竹刀《しない》でよい」

と言い添えた。

入江忠助は幹次郎と竹刀を構え合った途端、竹刀を引いて、

「観音寺先生、なにが山歩き、千日回峰の真似事をした者の構えですか。それがし、最前申した言葉、冗談ととられるのは構いません。されど、それがしの胸のうちには別の光景がしかと刻まれておりますからな」

とふたたび竹刀を構え直すと、先《せん》の先《せん》で仕掛けていった。

幹次郎が入江の鋭い面打ちを弾くと、入江が思わずよろめいた。

「なにくそ」

と力を入れ直して竹刀を振るい、連続攻撃で攻めまくった。その攻めの一手一手を受けた幹次郎の位置は不動だった。

何十手目か、入江がよろめいて腰砕けになり、

「入江、能書《のうが》きはよい。稽古を始めよ」

との観音寺の命に入江が幹次郎を振り返り、

「おい、だれかそれがしと代われ。この山歩きを総がかりで打ちのめすぞ」

と叫び、

「おお」

と叫んだ若い門弟のひとりが幹次郎に飛び掛かっていった。

四半刻（三十分）後、十数人の門弟が道場の床にへたりこんでいた。

「入江忠助、山歩き修行はなかなかのものではないか。明日から全員、道場に来ずともよい。京の山歩きをして修行に励め」

と観音寺継麿が命じた。

三

幹次郎と麻にとって最後の京の日々が始まった。

この日、神守幹次郎と加門麻は、京都所司代《きょうとしょしだい》に呼ばれた。およそ一年前、ふたりが京に来た折りに京都所司代屋敷の前を通りかかり、乗物にて他用に出ようとした所司代太田備中守資愛《おおたびっちゅうのかみすけよし》の眼に麻が留まり、しばし話し合ったことがあった。

遠江掛川藩《とおとうみかけがわ》の藩主であった太田は、麻が振袖新造時代からの贔屓《ひいき》で、若年寄を経て京都所司代に補職《ほしょく》されていた。以後、太田は、幹次郎と麻と時折会っていた。

この数月、幹次郎が京を不在していたゆえ、ひさびさの呼び出しだが、所司代屋敷に呼ばれるのは初めてのことであった。

京都所司代を経験した者は老中に補職されることが多かった。ゆえに所司代屋敷に向かう折り、ふたりは、

「太田様はそろそろ江戸に戻られて老中職に就かれるのではないか」

「ならば私どもにお別れを仰るためにお呼びになったのでございましょうか」

「となると江戸での付き合いはなかろうか」

と言い合った。

だが、久しぶりに面会した太田資愛の面貌《めんぼう》は衰《おとろ》え、明らかに重篤《じゅうとく》な病にかかっていることを示していた。

幹次郎も麻もそのことに気づかぬふりをして、平静の表情を保った。

「神守、麻、予《よ》は京都所司代を辞することになった」

という太田の声音は弱々しかった。

「江戸にお戻りになれば老中に出世なされるのではありませぬか」

「麻、もはやそのような元気はない。見てのとおり病魔に見舞われてな、この所司代職が予の最後のご奉公になろう」

と淡々と告げる言葉にふたりは応じられなかった。

「本日は無礼講《ぶれいこう》じゃ、酒食をのちに供する。その前にな、神守幹次郎、そのほうに礼を述べておきたい」

と言った。

「殿、それがし、礼を受ける覚えはありませぬが」

「ある」

と短く言い切った。

「ひとつはこの京において祇園旦那七人衆を支えてくれたことじゃ。このたび、そなたが七人目の旦那衆に就いたそうじゃな」

との言葉に幹次郎は祇園の旦那衆から漏れたことかと思った。だが、太田には甚左《じんざ》こと渋谷甚左衛門《しぶたにじんざえもん》という優秀な密偵もいた。

「いまひとつは江戸での話じゃ、そなたが京にこの一年を通して逗留していたことは、予が証人になろう。

その上での話である。家斉様の御側御用取次朝比奈義稙を始末してくれたこと、幕閣のどなたにとってもどれほど有益であったか、そなたは予想だにつくまいな。予もこの人物には歯ぎしりするほどの嫌味をされたわ。そなたは吉原会所のために、あやつを殺めたと思うておるかもしれぬが、それだけではないのじゃぞ。ともあれ、病に取りつかれて予後なき予が、江戸からの知らせにどれほど快哉《かいさい》を胸のうちで叫んだか、そのことを告げてな、礼を言いたかったのだ。神守幹次郎が吉原会所の八代目の頭取になるのをこの眼で見たいものじゃ」

と言った。

もはや幹次郎には太田に返す言葉はなかった。

この日、幹次郎と麻のふたりは政のことも病のことも話すことなく京で体験した四方山話《よもやまばなし》で時を過ごし、太田の体調を慮《おもんぱか》って酒なしの昼餉を馳走になった。

最後に麻が、

「太田の殿様、私どもも近々京をあとにします。その前に京でお世話になった方々にささやかなお礼をと考えておりますが、私どもの招きをお受けくださいますか」

「麻、そなた、近ごろ一力で琴を弾くそうじゃな、さような場もあるか」

「殿がお望みならば、祇園の芸妓衆のお力を借りて拙《つたな》き芸を披露申し上げます」

「うむ、予は必ず参るぞ」

と太田資愛が言い切った。

ふたりは乗物を使えと言う所司代の心遣いを遠慮して鴨川《かもがわ》の右岸に出ると河原道を四条大橋へとゆっくりと下っていった。するとそよりといった感じで太田資愛の密偵、甚左こと渋谷甚左衛門が加わった。

「甚左どの、殿はお疲れになったのではないか」

と幹次郎がそのことを案じた。

「いやそうではないぞ。久しぶりに殿の笑い声を聞いた近習衆は喜んでおる。殿の病の原因は所司代職の激務ではない。わしは江戸の政と関わりがあると見ておる。そなたらと会食されて、談笑されたことがよき結果を招くのではと、医師も言うておる。殿ではないがな、わしも神守さんに礼を言いたくてあとを追ってきた」

所司代の密偵は京言葉ではなく江戸言葉で言った。

「真にさようなことなれば、どれほど喜ばしいか」

「公儀ではないぞ。掛川藩にとって殿はなんとしてももうお少しご健勝にて生きていてもらわねばならぬのだ。掛川に立ち寄り、江戸へと戻られた折りにも殿とときに会うてくれぬか。一介の密偵風情が願うことではないがのう」

幹次郎と甚左との最初の出会いのころ、甚左は代々の京都所司代に仕えている密偵《もの》と幹次郎に装った風な言動をしてみせた。だが、ひょっとしたら渋谷甚左衛門は掛川藩の家臣、密偵と役割が重なる目付衆などではないかと、太田資愛の体調を心から危惧する言動を見聞きして幹次郎は推量した。ゆえに京にある甚左は、相手と状況次第で言葉を変え、身分を賤称《せんしょう》して、京都所司代の太田資愛に一心を尽くしているのではないかとも考えた。

「甚左はん、殿のお病、必ず快癒致しますえ。麻もそう強く願うてます」

と麻も口を添えた。

「麻はん、おおきに」

と応じた甚左に、

「甚左どの、殿が懸念《けねん》されることは京にはないのだな」

「もはやおへんわ。そなたはんの腕を借りるほどの難儀はな。それにしても神守幹次郎という御仁、所司代も町奉行も敵《かな》わぬ荒業の持ち主やおへんか。京の山歩きをしながらやで、江戸の成り上がりの公方はんの近習を吉原の妓楼の中で変死させたやて、どないな手妻を使いはったんや」

と真顔で質した。

「甚左どの、千日回峰に挑まれる修行僧は、ただ一念無心に早足で歩くと聞かされた。それゆえそれがしも無心に山走りを試みたが、なんとも無様にも百日回峰もならずでござった。さような未熟者が江戸へ手を伸ばすなどできるはずもない」

「まあ、そのことは気にせんとよろし。京都所司代の殿が神守はんとしばしば会うておられたんや。京都所司代が証人なんてそうあらへんで。幕閣のうるさ方も文句のつけようもないがな、そやないか」

　と甚左が笑い、

「そや、神守はんにとってええ知らせかどうか知らんがひとつあるがな」

「なんでござろう」

「あんたはんの旧藩の話や。京にな、西国《さいごく》の雄藩《ゆうはん》を真似て京屋敷を置きはったな。なんという上士であったか、神守はんに嫌がらせをしてましたな」

　との甚左の問いに幹次郎は是とも否とも答えなかった。

「薩摩ならば、抜け荷の金子を仰山《ぎようさん》持ってはるがな、この京で薩摩屋敷を構えて、ツガルの商いもでけんわけやおまへん。けどな、神守はんには聞き苦しい話かも知らんがな、豊後岡藩七万石の中川修理大夫はんの名は京では通じまへんわ。京屋敷はな、町奉行所に潰されました。まあ、背後にうちの殿様が糸を引かれたこともおましてな」

　ツガルとは阿芙蓉《あふよう》、阿片のことだ。そして、太田は岡藩が大事に至らぬ前に京屋敷を立ち退《の》かせたのだ。

「なんとさようなことが」

　幹次郎は本日の太田資愛のいちばんの土産はこの話であったかと得心した。

「旧藩になんぞ咎がございましたかな」

「おまへん、まあ、分を心得よと忠言があったくらいや。神守はん、旧藩のことが気にかかるんと違いますか」

「それがし、奉公していた折りの職分は馬廻《うままわ》り方十三石の軽輩《けいはい》でござった。さような出自の者が案じたところで、どちら様も痛くも痒《かゆ》くもござるまい」

「そやな、下士の神守はんの才を見抜けん岡藩の重臣方や、京屋敷の撤退は致し方おへんな。そや、麻はん」

と甚左が話柄を変えて、

「うちもな、陰からでよろしいさかい、麻はんの琴の調べを聞きとうおす」

とふたりに言い残すと、すっと鴨川の河原をそぞろ歩く人混みに溶け込んで消えた。

ふたりはしばらく甚左の姿が消えても見送っていたが、

「幹どの、いい日どしたわ」

と麻が呟いた。

「ああ、京に来る機会を作ってくれた四郎兵衛様や三浦屋の四郎左衛門様に感謝せぬとな」

「幹どのは京に戻りはったら大仕事が待ってますな」

「こればかりはそれがしがいくら独り頑張ってもどうにもなるまい。いまや四郎兵衛様はこの世におられぬ」

「ゆえに神守幹次郎はんが八代目頭取四郎兵衛様を務められるんと違います」

「最前も甚左どのに申したな、豊後岡藩の下士が江戸の官許の遊里吉原の八代目頭取を務められるのであろうか。それがし、生涯陰仕事で終わると思うておったがな」

「神守幹次郎はんは汀女姉上とこの麻のものどす。表の顔は吉原会所八代目の四郎兵衛、御免色里のお頭はんどす」

と麻が真顔で神守幹次郎と四郎兵衛のふたりの生き方を務めることになると言った。

風に吹かれて散った桜の花びらが鴨川の流れに一、二枚落ちていた。

「ああやって自然の営みのように生きていけるとよいな。それがし、姉様と麻の神守幹次郎でいる以上の満足はないのだがな」

と幹次郎が本心を漏らした。

一力に麻を見送った幹次郎は祇園界隈の見廻りに出た。

「神守はん、久しぶりやな、どこへ行ってはったんや」

「東山、北山、西山をぐるぐる回る山歩きをしてはったそうやで」

と祇園の小店の主と奉公人が問答するように声をかけてくれた。

「いかにも千日回峰の真似事をしておりました」

「ぼんさんの真似しても一文にもならへんで。また夏が来たら祇園会やがな。頼りにしてます」

「申し訳ないことながら、それがし、今回の京滞在は一年の暇しかござらなかった。今年の祇園会は無理にござる」

「それは残念やで」

などと挨拶を交わしながら祇園の小路に入り込み、置屋の鶴野屋《つるのや》の看板を眼にした。舞妓のおことの置屋だ。なんとなく佇んでいると戸が引かれて白塗りに紅が鮮やかな舞妓が姿を見せた。

「うむ」

と舞妓の顔を見ていると、

「神守はんやおへんか。どないしてはったんどす。師匠の麻様も知らへんと言わはるし、うちもお師匠はんも寂しおましたで」

　と言った。

　幹次郎は声でおことと気づいた。おことが師匠と呼ぶのは琴を教えてくれる加門麻のことだ。

「おこと、麻に聞くと熱心に琴を弾いているそうではないか」

「うち、能管《のうかん》より琴が好きになりましたんや。なにより琴はうちの名といっしょどす。それに」

　とおことが言葉を止めた。

「どうしたな」

「神守はんとお師匠はんは近々江戸に戻らはるとか」

　と幹次郎に質した。

「われらの京訪いは吉原会所に命じられてのことだ。その暇は一年であったからな、半月後には京を去らねばならぬ」

「そやそや、そんでお師匠はんと芸妓の立方の夕月はんと地方の玉水はんらがお別れの宴をするそうや。うちも前座でお師匠はんの力添えで琴の弾き初めをするんどす」

「なに、あれはすでに内々に進んでおる話なのか、驚いたぞ」

「お師匠はんから聞いていまへんか。うちはまだ独りで弾けまへん、けどお師匠はんといっしょなら心強いかぎりや」

「それはよかったな。これから茶屋に呼ばれておるのか」

「花見小路のおぼろ弥《や》はんどす」

「ならば道半ばまでいっしょに参ろうか」

とふたりして曲がりくねった小路を通って四条通に出る間、別れの宴の話をあれこれとおことから聞かされた。

舞妓のおことは舞妓から芸妓に昇進して襟替《えりが》えするためには、舞の他に芸が要ると考えているようで琴の稽古に入れ込んでいるように思えた。元々おことは祇園会の折りの一番鉾《いちばんほこ》、籤取《くじと》らずの長刀鉾《なぎなたほこ》の町内生まれの娘だった。祇園囃子を幼いころから聞かされて育ち、できることならば二階《にかい》囃子の稽古で能管を習いたいと思っていた。だが、長刀鉾は女衆が乗ることができず、ために本番のコンチキチンには加われない仕来《しき》たりがあった。そんなおことが麻の琴と出会ったのだ。

熱心になるのは眼に見えていた。

ふたりは四条通に出た。

「おこと、気をつけて行くがよい」

幹次郎はおことと別れ、さて、どちらに行こうかと迷っていた。すると、

「神守様やおへんか」

と声がかかった。振り返ると去年の祇園会で親しくなった神宝組《じんぽうぐみ》のひとり、「勅板《ちょくばん》」を担当する左応《さおう》家の主人だった。

「おお、お久しぶりにござった」

とここでも京を留守にした幹次郎の話が繰り返された。

「なんちゅうこっちゃ、坊さんの真似して京の山歩きかいな、呆れた話どすがな。で、なんぞ会得されましたかいな」

「物事、さように容易いものではありませぬな。何十日か山歩きしただけに終わりましてな、何十足も草鞋《わらじ》を履きつぶしただけの中途半端な修行は初めからせぬほうがよいことに気づかされました」

と幹次郎が苦笑いで答えると左応家の主が破顔した。

「坊さんの千日回峰は、千日と言うくらいや、三年はかかりますえ。一年しか京におらん神守様には無理なこっちゃ」

と言った左応が、

「そやそや、最前、一力の前で次郎右衛門はんに会いましたがな、あんたを探しておった様子やったで」

「なに、一力の主どのがそれがしを、ならばこの足で一力に戻ります」

と幹次郎はいったん一力茶屋に戻ることにした。

勝手口から一力の台所に入ると、仕出し屋が料理を届けに来たところで女将の水木も麻もいた。

「主どのがそれがしに用事とか」

「ああ、それどすがな、函谷鉾《かんこほこ》の会所を訪ねるよって神守様といっしょにと考えはったようやけど、約定の刻限が迫ったんで先にひとりで行きました」

と水木が言った。

「ならばそれがし、これより函谷鉾の会所を訪ねまする」

と応じて、目顔で麻に次郎右衛門といっしょに一力に戻ってくると告げた。

四条通を南に入ったところに函谷鉾の会所はあった。幹次郎が訪れるのは目付同心入江忠助の案内で訪れて以来のことだ。ただしあの折りは深夜であった。ただ今は春の夕暮れながら薄明かりはあった。

（これほど天明の大火に傷《いた》められていたか）

と幹次郎が立ち竦んでいると一力の次郎右衛門と精悍《せいかん》な顔をした壮年の男ふたりが姿を見せた。

「おお、お出でいただきましたか」

と言った次郎右衛門が、

「音頭取りの蓑助《みのすけ》はんに同じく敬一郎《けいいちろう》はんや」

と紹介してくれた。

幹次郎は祇園会で孟嘗君《もうしようくん》の人形が飾られた函谷鉾を見ていた。ゆえに浴衣姿に「函」の文字が入った白扇子で鉾を先導する音頭取りの顔を覚えていた。

「神守様、うちらの方からあんさんに挨拶に行かんといけんがな、それを一力はんに先を越されてしもうた。去年の山鉾巡行でえろう世話になりました。おかげさんでぼろ鉾やったが五年ぶりに巡行に加わらせて頂きましたがな。神守様、すまんことどした」

と蓑助が言い、敬一郎と一緒に頭を下げた。

「ご両者、なんぞ勘違いをなされているようじゃ。それがし、なんの手助けもしておりませんぞ」

と応じる幹次郎に次郎右衛門が、

「蓑助はん、敬一郎はん、こういうお人柄や、神守様という御仁は」

と、あの折りのことはツガルが絡む話、もはやこの話は胸の内に仕舞えと言っていた。

「音頭取りどの、今年の山鉾巡行は賑やかになされますかな」

「神守様のお陰で去年の山鉾巡行はできましたがな、あれでは孟嘗君が可哀そうやという町内の旦那衆の考えでな、しばらく函谷鉾は祇園会に出られませんのや。それだけに去年の幻《まぼろし》の函谷鉾が音頭取りにとって誇らしいもんどしたわ」

と敬一郎が言い切った。

「うちら、必死で再建しますよって神守様、京にな、再建された函谷鉾を見に来ておくれやす」

と蓑助が願った。

天明八年（一七八八）の大火に焼けた、この函谷鉾が再建されるのはおよそ五十年後の天保《てんぽう》十年（一八三九）であった。

幹次郎は偶然にも焼失した函谷鉾の幻の孟嘗君を見たことになる。

ふたりの音頭取りと別れ、次郎右衛門と四条の浮橋を渡りながら、幹次郎は、

（京逗留も夢、函谷鉾の山鉾巡行も幻であったか）

と思っていた。

「それがし、わずか一年の逗留でござったが、京は千年の都ということがよう分かりました。函谷鉾の再建もそう容易くはございませんな」

「江戸に戻られたら、神守様、あんたはんが官許吉原の再建を担うことになりますがな」

次郎右衛門の声が幹次郎の胸に響いた。

四

京逗留の残りの日々、神守幹次郎と加門麻は淡々とおのれの務めを果たしていた。もはや短い月日で京から、祇園からなにを得たかなど考えなかった。

眼前にある日々の時の流れを大事にしようと思っていた。

幹次郎は未明神輿蔵で真剣を使い、眼志流の居合術の技を丁寧に、三基の神輿に奉献するように稽古をした。そのあと、祇園感神院を南楼門から出て清水寺へと向かい、羽毛田亮禅老師の読経、天明の大火で身罷った人々の冥福を祈り、再建が一日も早いことを祈願した。

読経のあと、ときに老師の点前で茶を喫することもあった。さような日以外は、音羽の滝に下りて産寧坂のお婆おちかと孫娘のおやすに会い、音羽の滝の水を汲んだ桶を提げて茶店に向かい、その折りはこちらで茶を馳走になった。

「神守はんと麻はんが江戸に帰りはるなんて、うちら、寂しゅうおすえ」

とおちかが会うたびに言った。

だが、戻るべき日は確実に迫っていた。

一力気付で神守幹次郎に摂津大坂の船問屋から書状が届いた。

船問屋からは、札差伊勢亀の持ち船に幹次郎と麻が乗り込む日にちを知らせてきた。その書状の内容を知った一力の次郎右衛門が、

「ほんまに札差筆頭行司伊勢亀の持ち船に乗りはるんやな。神守様の人脈は、うちらの想像をはるかに超えてるわ」

と驚きの言葉を口にした。

その場に居合わせた三井越後屋の大番頭にして祇園旦那七人衆のひとり、与左衛門が、

「神守様、伊勢亀の先代はんと昵懇の付き合いやったんやな、死に際して加門麻様を、当時は薄墨花魁を身請けする一切を神守様、あんたはんがやりはったんやろ。伊勢亀の当代とも付き合いがおますんか」

と尋ねた。

このふたりには正直に話してきた。ゆえに、

「かたちばかりですが、それがし、伊勢亀八代目の後見方を務めさせて頂いております」

祇園の旦那ふたりがしばし沈黙し、

「神守様には最後まで驚かされますがな。江戸の札差筆頭の伊勢亀はんの後見をうちら気安う使うていましたんか」

「与左衛門はん、そのお方がうちら旦那衆のひとりやがな。ついでに吉原会所の頭取はんやて、なんともさようなお方をうちは勝手口から出入りさせていましたんかいな。えらいこっちゃ」

と一力の主が漏らし、

「ふっふっふふ。心強いこっちゃ」

と与左衛門が破顔した。

麻は舞妓のおことに琴の稽古をつけ、座敷に芸妓の夕月や玉水が呼ばれると、隣座敷から琴の伴奏をする日々が繰り返されていた。

時にふたりして清水寺に行き、羽毛田老師の読経に付き合った。

淡々とした日々が過ぎて、神守幹次郎と加門麻の別れの宴が一力の大広間で催されることになった。

招かれた客人は、京都所司代の太田資愛、祇園感神院の彦田行良執行、清水寺の羽毛田亮禅老師、祇園の旦那衆、輿丁頭の吉之助ら祇園町人の幹部、祇園会の神宝組の面々、旅籠「たかせがわ」の主の猩左衛門《しょうざえもん》、禁裏門外一刀流の道場主観音寺継麿、長刀鉾の祇園囃子の師匠の楊三郎《ようざぶろう》ら錚々《そうそう》たる男衆であった。

京都町奉行所の目付同心入江忠助などは、

「おい、神守さん、そなたら、たった一年の京滞在でこれだけの面々と知り合うたか、それがし、隣座敷のほうが気楽じゃがな」

と呆れたものだ。すると、太田の密偵甚左こと渋谷甚左衛門が、

「入江はん、うちも隣座敷に膳をもろうたほうが安楽やがな」

と賛意を示した。

女衆は、一力に出入りする芸妓舞妓衆の置屋の女将が居並んだためになかなか華やかな大広間の宴になった。

宴前の挨拶は、幹次郎が最初に出会った清水寺の羽毛田老師がなした。

「京都所司代太田様を差し置いて愚僧が挨拶とは恐縮至極にござります。どうやらうちが毎朝行う、天明の大火で犠牲になられた人々の慰霊の勤行に神守様が付き合うてくれますよって、挨拶させてもらいます」

と断った。

「老師、予のような公儀の役人より神守幹次郎をとくと知る老師が挨拶するのは当然じゃ、予は義妹の加門麻の琴を楽しみに参ったのだ。おお、そうじゃ、神守幹次郎と義妹の麻と老師の出会いとなると凡々たるものではあるまい」

と過日幹次郎が会ったときより元気が甦った掛川藩の藩主でもある太田資愛が磊落《らいらく》な調子で言った。

「掛川の殿様の仰るとおりでございましてな」

と相手が幹次郎の旧藩の家臣とは言わず、そのときの一瞬の勝負を語った。

「うむうむ」

と太田が満足げに応じた。

酒が運ばれてきてそれぞれが身分や出自を超えて酌み交わし始めた。それをきっかけに幹次郎と麻の出会いやら、多彩な交遊について全員が短くもそれぞれ情の籠った話を披露した。

「西国は勇武を誇る大名家雄藩が多いが、神守幹次郎の技量があって下士とはな、藩に神守の才を察する重臣はおらなかったか」

と話を聞いた太田が嘆くように言った。

「太田の殿様、ご存じございませぬか。この神守幹次郎どの、人妻の手を取って藩を抜け、十年も妻仇討《めがたきうち》として追われた人物ですぞ」

と祇園感神院の彦田執行が応じた。

「おお、さような艶聞の持ち主であったということを予は忘れておったわ。江戸に戻ったら神守幹次郎のご新造に会うのが楽しみじゃ」

幹次郎はご一統の話をにこにこと笑って聞いていた。

そのとき、大広間の舞台に一張《ひとはり》の琴が運ばれてきた。

ふたりの舞妓が舞扇を手に立ち、ひとりは舞妓のおことだった。同時に、

「君が代は、突くや手まりの音もがな、
　はやす拍子の若菜草、
　にっこり笑顔や門に松」

後ろ座敷から三味線の玉水の声で唄が始まり、琴がおことらの京舞に和した。

この場にいる宴の人はすぐに京舞を習う者が最初に教えられる「門松」だと分かった。そして、琴の弾き手が麻だと推量した。

舞妓のふたりはいつも以上にゆったりとたおやかな調べに乗って舞っていた。

不意におことが舞扇を動かしながら琴の前に坐した。そして、

「福や徳若御萬歳、
　まことに目出度き千代の春」

と陰の琴に合わせて弾き始めた。

初々しい琴の音だった。

舞妓おことにとって客の前で琴を弾くのは初めてだった。

ひとりで舞い終えた舞妓が舞台から消え、ふたたび陰の琴とおことの琴が和して、「門松」を最初から琴二張で合奏した。

おことの琴の調べが陰の琴に引っ張られて師弟二張弾きは初めの「門松」とは違った情緒を宴の場にもたらし、終わった。

「ほう、なかなかの趣向やおへんか。初めて琴だけの門松を聞くわ」

「よう陰の琴が表の琴に合わせてあるやないか」

と客が言い合った。

舞妓おことが琴弾き初めを聞いてくれた客たちに上気した顔で丁寧に挨拶して舞台から消えた。

改めて舞台の琴が男衆の手で引き下げられ、別の琴に替えられた。

地方の玉水が琴の傍らに坐し、しばし間を置いて春らしい軽やかな小紋にきりりと身を包んだ加門麻が初めて表舞台に立った。

三味線と唄の名手、地方の玉水と加門麻が顔を見合わせ、互いに会釈し合った。

玉水は三味線を抱え、麻は爪輪をした手を琴の弦に伸ばした。

ふたりが知恵を絞って創った唄が玉水の口から流れ、弦楽器が響いた。

立方の夕月が加わった嫋々としてたおやかな京舞が初めて披露された。

「桜《はな》咲く京に男と女のふたり連れ
迎えるは円山しだれの老桜《おいざくら》
ヨイヤナ　ヨイトセ
花街めぐりの女と男
めでたやな　めでたやな
夏にコンチキチンの祇園会や
紅葉《もみじ》の秋に冬の雪
ヨイヤナ　ヨイトセ」

一力の大広間の客衆が一瞬にして虜になって舞台の三人の動きを凝視していた。だれもが無言だった。

途中で玉水の三味線と麻の琴に、立方の夕月の能管が加わり、早弾きされた。なんとも変化に富んだ初披露の京舞だった。

能管を帯に挟んだ夕月が舞扇を手に踊りに戻った。

「一年《ひととせ》の日々が流れ流れて
江戸にもどるやふたり連れ
桜の京にまた来てや
ヨイヤナ　ヨイトーセ」

一力の宴の場の招き客は見巧者ばかりだ。その客たちが三人の新たな京舞に魅入られていた。

舞い終えた夕月が舞台に坐して頭を下げ、玉水も麻もそれに倣った。

静かな拍手が京舞の余韻にひたるようにいつまでも続いた。そして、加門麻が顔を上げた。

「ご一統様、京に参り、加門麻は生まれ変わりました。これほど楽しい祇園滞在はございませんでした。それもこれもこの場におられるお方や多くの人々のご厚意のお陰でございます。

加門麻と義兄の神守幹次郎は江戸に戻ります。されど京と江戸、花街祇園と御免色里の吉原の関わりは終わったわけではございますまい。私どもは始まりやと思うております。

どうか今後とも末永いお付き合いをお願い申し上げます」

と麻がふたたび頭を下げた。

一段とにぎやかな拍手が麻に贈られた。

しばし間を見ていた一力の次郎右衛門が、

「ご一統様、うちらがこのおふたりの期待に応えられたかどうか、加門麻様の挨拶どおり、祇園と吉原の付き合いはこれから新しく始まります。いま少し説明を加えさせてもらいます。神守幹次郎はんは江戸に戻られて御免色里の吉原会所の八代目頭取に就かれる予定どす」

この言葉を聞いた一座の大半が、

「おおー、そやさかい祇園であれこれと見聞してはったんかいな」

「神守はんなら、必ず先代に負けん頭取はんにならはりますわ」

などと言い合った。そんな問答の間をぬって、

「もうひとつ付け加えます。この場に祇園旦那七人衆六人が控えておます。七人衆といいながらうちを加えて六人でございますな。七人目の祇園旦那衆は、この神守幹次郎はんに引き受けてもらいましたんや。それもこれも祇園と吉原が密接につながり、助け合うためどす。神守様と麻様から、江戸に戻り、落ち着いた時

分に祇園を始め、京の花街の歌舞音曲のお師匠はん、芸妓はんを招きたいとな、提案がございましたんや。うちらは京と江戸の芸が競い合うのはいいことやと思うてます。ぜひ実現してもらいたいと思うてます」

隣座敷でこの話を聞いた玉水と夕月が、

「うちら、江戸へ行けるんか」

「いいがな、祇園の芸を披露しようやないか。そしてな、江戸の歌舞音曲を京に伝えようやないか」

と言い合った。

一方、大広間では次郎右衛門が、

「最後に神守幹次郎はんの言葉を頂戴しましょ」

と幹次郎に願った。

末席に坐していた幹次郎は姿勢を正すと、

「祇園の芸妓衆おふたりに助けられて琴を披露させて頂いた義妹加門麻の挨拶のとおり、京と江戸、祇園と吉原の交流はこれから始まります。

それがしが吉原会所の八代目頭取になることは公に決まったわけではございません。さらには祇園旦那七人衆の末席に加わることがよきことかどうかも分かりませぬ。されど遠い異国から大船が和国に訪れるご時世、京の祇園や江戸の吉原やと分け隔てすることなく力を合わせることが大事かと、それがし、こたびの京逗留で考えさせられました。

都が造られて千年の古都と江戸幕府開闢《かいびやく》高々二百年足らずの江戸では、遊芸の考え方や実践で大きな差がある、ということをこたびつくづく思い知らされました。どうか今後ともご指導のほどよろしくお願い奉ります」

と平伏すると、これまで以上に激しい拍手と激励の言葉が飛んだ。

二日後、神守幹次郎と加門麻は伏見から三十石船に乗り、摂津大坂へと夜旅で向かった。

苫《とま》屋根の下の胴の間には炬燵《こたつ》が入っていた。乗合船ではない、伊勢亀の大坂屋敷がふたりのために伏見に待機させていた借り切り船だ。夜分ゆっくりと寝ていけるように八代目が後見の幹次郎と麻のために用意したものだ。

「幹どの、旅は終わりました」

「いかにも京の旅は終わったな。この船で一晩、摂津の大坂に未明には着くそうな。それがしも初めての経験じゃ」

京の伏見と大坂の八軒家《はちけんや》の間は十一里（約四十三キロ）余りだ。当然伏見からは下り船だ。

「ヤレサー伏見下れば、ナーサエ淀《よど》とはいやじゃエ
いやな小橋をナーエ　ナーエ艫《とも》下げにナ
ヤレサーヨイーヨイーヨイヨエ」

船頭四人のだれが歌うか、船歌が聞こえてきた。

「私どもが京に来た当初、嵐山《あらしやま》にて乗合船に乗り、島原《しまばら》遊廓を訪ねましたな」

「おお、そんなこともあったな。何年も前のような気が致す」

「はい。この一年、多彩なお人にお会いし、あちらこちらを見聞させてもらいました。吉原にいてはできない経験ばかりでした」

「伊勢亀の先代のご隠居に感謝せぬとな」

「いかにもさようです」

と言った麻が、

「西方浄土《さいほうじょうど》はどちらでございましょう」

「大まかに申せば三十石船が向かう方向が西であろう」

麻は船の胴の間に正座して船が進む方角に手を長いこと合わせていた。手を解いた麻に、

「これで京の旅は終わった」

「はい。うち、芸妓の玉水はんと夕月はんに約束しましたえ。義兄上が吉原会所の八代目頭取に就かれた折りには、必ずお招きしますとな。あのふたり、女だけで江戸に行けるやろか、麻はんは神守はんという強いお方が供やったわ、と案じておられました。その問答を聞いた太田の殿様が、『案ずるな、京都所司代の若侍をつける手筈《てはず》を整えておく』と申されはったんや。『殿様、うちら芸妓どすがな、公儀のお侍はんなんて堪忍や』と断らはりました。殿様も『いかにもそなたらの付き添いに若侍では、却って剣呑かもしれんな』と得心しておられましたわ」

とふたたび京訛《きょうなま》りで説明した麻が笑った。

「太田の殿様は人格よろしい上に学識もある所司代様であったな。久しぶりにお会いした過日の折り、あまりにも顔色が優れぬゆえ、重篤な病にかかっておられるかと案じたが、どうやら杞憂《きゆう》であったようだ。麻、そなたと会ったからよくな

られたかのう」

遠江掛川藩の譜代《ふだい》大名太田資愛は、幹次郎らとは別行で国許の掛川に立ち寄りながら江戸に帰任することになっていた。そして、予測されたごとく、帰任早々老中に昇進し、文化《ぶんか》二年（一八〇五）二月十七日の死の数年前まで幕府最高の職階を務めることになる。

そんな太田は幹次郎と麻に京都所司代太田備中守資愛の名の道中手形を発行してくれた。

「こたびの京滞在ではよきお方ばかりに出会うたような気が致す」

「うちもどす」

「別れの宴からあれこれと後始末やら買い物やらがあり、多忙を極めたな。姉様には麻はなにを求めたな」

「それは秘密どす。幹どのはなにを買い求めはりましたな」

「麻が内緒と言うならば、それがしも内緒じゃな」

「ずるうおへんか」

「お互い様じゃや。いや、姉様にはわれらふたりが元気な姿を見せるのがいちばんの土産であろう、そうは思わぬか」

「それは思いますえ。けど、うちだけ楽しい想いをさせてもろうたんどす。姉上にはやはり別の土産が要ります」

と麻が言い、

「そろそろ少しの間でも寝ておこうか」

ふたりは炬燵に入って横になり、船底にぶつかる水音を感じながら眠りについた。

翌朝のことだ。江戸の札差伊勢亀の所蔵する船に乗り換え、江戸へと向かった。航海に慣れた主船頭が紀伊水道《きいすいどう》にかかって、甲板から紀州和歌山《きしゅうわかやま》領内の山並みに白く咲く満開の桜を指して、

「神守様、麻様、京の逗留はどないでしたな」

と聞いた。

「主船頭どの、かような貴重な経験はござるまい。未知の土地を知るのはよきことじゃな」

紀州の山並みの桜を飽きずに眺める麻に、

「そうであろう、麻」

「はっ、なんと申されました。義兄上、海から見る桜模様、贅沢の極みです」

と答えたものだ。

あとがき

「吉原裏同心」の第一巻『流離』が刊行されたのは、二〇〇三年三月だ。私の時代小説文庫書下ろしのシリーズのなかで唯一いまも新作が継続されているのは、この「吉原裏同心」だけだ。十八年もの間、この出版不況の折、よくもまあ継続できたものと、筆者は感慨深い。

その間に筆者に迷いがなかったといえば嘘になる。それがあかしに、シリーズ・タイトルを「吉原裏同心」から「吉原裏同心抄」と変え、さらに「新・吉原裏同心抄」と二度も変えている。筆者の断固としたシリーズへの心構えと考えが希薄ゆえ、かような仕儀に相成ったのだ。

読者諸氏、大変申し訳ないことですが、いま一度、筆者の迷いにお付き合い願えませぬか。つまりシリーズ・タイトルをどう変えようと、「吉原裏同心」であることに変わりはないことに気付いたのです。

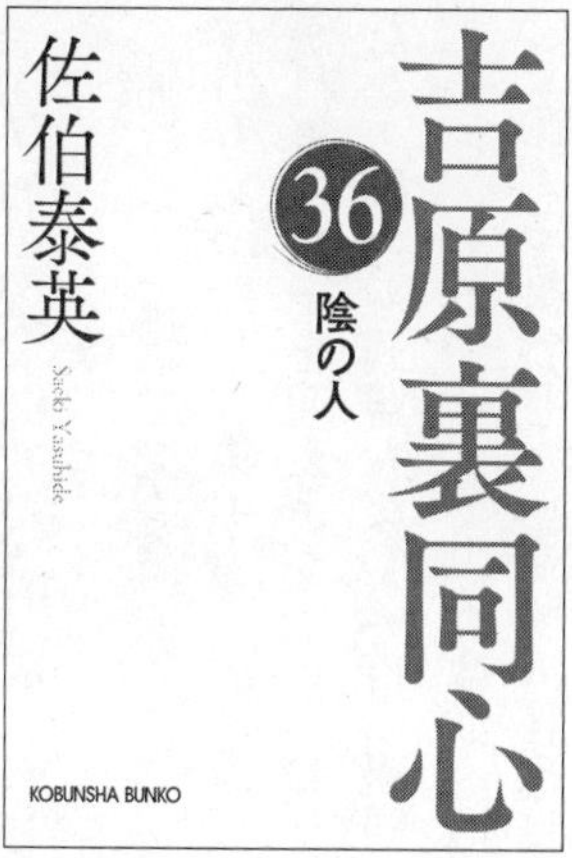

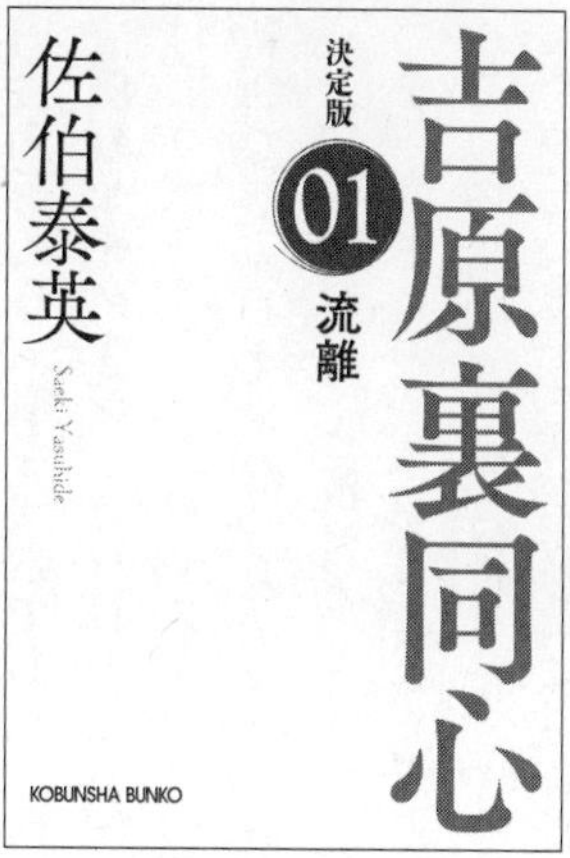

シリーズ名を変えることは物語の流れは別にして、カバーの挿画・デザインに大きく影響し、素材を写真にしたり、絵にしたりとその都度筆者も出版社も迷い、悩む。

最後の試みとしていま一度シリーズ・タイトルを「吉原裏同心」に戻すならば、今後書き足す新作を含めてカバーに一貫性を優先に持たせようと考えた。そんなわけでカバーデザインの髙林昭太さんには難儀をかけることになったが、第一巻『流離』から第三十六巻の『陰の人』まで通し作品として、上のような統一したデザインが決まった。

ご覧のとおり、シンプルにした大胆な改革です。

本の貌《かお》ともいえる文庫のカバーは読者に

内容を訴える大事な要素であり、挿画とデザインが最優先されてきた。にも拘らず内容をイメージした写真も絵も使わない、巻数をシリーズの「貌」とする試みはどうだろうと、筆者やスタッフの間で結論に達した。そんなわけで、かくいう斬新なるカバーになったのです。読者諸氏も新作『陰の人』のカバーに接して「なんだこれは」と混乱なさるのではないか、筆者は無責任にも愚考する。が、いま一度筆者の変革をお許しください。

この物語が完結する折りは、「ああ、佐伯は幾たびも迷い迷いして最後にここに至ったのか」と読者諸氏に得心してもらえるよう、新たなる地平に神守幹次郎を立たせ、活躍させようと思う。

翻《ひるがえ》って『逃亡』から改題した『流離』執筆の折は、筆者還暦を迎えた前後で、体力もあったし、集中力も記憶力も想像力もあった。一方、ただいま筆者は、数か月後に八十を迎えようとしており、残念ながら「老い」との戦いのなかで、新たなる得物も武器もなく「吉原裏同心」の完結に向かうしかない。

「いざ、サンチョ・パンサよ」

と腹心を鼓舞したいが職人作家に腹心のスタッフなどいるはずもなく、ひたすら薄れた記憶力のかなたから新たなるアイデアを引き出してこようと思う。佐伯泰英の晩年にお付き合いくださる読者諸氏、老残の身を晒《さら》して「風車」に立ち向かう時代小説書下ろし作家の生き方をとくとご覧あれ。

佐伯泰英

二〇二一年九月
熱海にて

光文社文庫

文庫書下ろし／長編時代小説

陰《かげ》の人《ひと》　吉原裏同心《よしわらうらどうしん》(36)

著者　佐《さ》伯《えき》泰《やす》英《ひで》

2021年10月20日　初版1刷発行

発行者　鈴木広和
印刷　萩原印刷
製本　ナショナル製本

発行所　株式会社 光文社
〒112-8011　東京都文京区音羽1-16-6
電話 (03)5395-8149　編集部
8116　書籍販売部
8125　業務部

ISBN978-4-334-79252-7　Printed in Japan

組版　萩原印刷